대서 즈음

시작시인선 0406 대서 즈음

1판 1쇄 펴낸날 2022년 1월 10일
지은이 강시현
펴낸이 이재무
기획위원 김춘식, 유성호, 이형권, 임지연, 홍용희
책임편집 박은정
편집디자인 민성돈, 장덕진
펴낸곳 (주)천년의시작
등록번호 제301-2012-033호
등록일자 2006년 1월 10일
주소 (03132) 서울시 종로구 삼일대로32길 36 운현신화타워 502호
전화 02-723-8668
팩스 02-723-8630
홈페이지 www.poempoem.com
이메일 poemsijak@hanmail.net

ⓒ강시현, 2022, printed in Seoul, Korea

ISBN 978-89-6021-609-9 04810
      978-89-6021-069-1 04810(세트)

값 10,000원

대서 즈음

강시현

천년의 시작

시인의 말

천망회회 天網恢恢

삶도, 죽음도,
하늘이 쳐 놓은 너른 그물에
빠짐없이 걸려든다.

차 례

시인의 말

제4부

해 설

제1부

대서 즈음

마음에 소중히 품었던 것들은 한여름 이슬 같았다
나의 세계는 세상의 모든 슬픔에게 빚을 진 것이라 여기고
슬픔의 벽돌로 집을 지었고,
뭇별이 큰 물길을 내고
바람이 잠든 지붕 위로 한세월이 흘렀다
아름다운 날에 오감의 숲에 갇힌 나를 훌쩍 떠나리라 마음
먹었던 것도 그때쯤이었다

풀이 곱게 자란 곳에는 모주꾼 같은 여름이 비틀거렸다
입술이 없는 것들은 구름의 즙을 받아먹지 못해 시들었고,
슬픔의 깊이를 뚫고 웃자란 수염은 까실했다
상주의 눈은 더러운 페인트를 쏟아 놓은 듯 벌겋게 붉어
서 탁했다
질퍽대던 여름은 자신의 몸에서 뽑아낸 실로 단칸집을 짓
고 사는 누에처럼
죽음의 예식에 하얗게 갇혔다
문상객들은 잘린 국화 송이를 차례로 영정 아래 올려놓거
나 매캐한 향을 피우고
머리를 조아렸다
조숙한 별들이 어둠의 천장에 가로누워 이별을 재촉했다

줄 늘어진 해금과 구멍 난 피리가 느린 박자로 상여를 끌고 가는 새벽

삼복더위의 하얀 글씨로 쓴 명정에 덮여 여름은 돌복숭보다 발갛게 익어 갔다

날 이제 그만 좀 내버려 둬요, 라고 벚나무 잎사귀를 찢으며 매미 소리가 뛰쳐나왔다

차창으로 닥쳐오는 뜨거움들의 고요

낙동강 변 대가야의 우람한 봉분을 지나 고령 성산으로 매미 떼가 관을 데려갔다

바위에 새긴 약속일지라도 배앓이처럼 잦아들 부재不在의 변명이 순장될 것이다

난임의 왕버들은 늙어서도 잎을 낳고 풍장을 위하여 잎을 버렸다

일생이란 끊임없이 무덤을 만들어야 하는 운명의 엔진이었다

바람이 지르는 비명 소리가 국수 가락처럼 산맥과 강줄기를 여러 갈래로 썰어 늘어놓았다

등불을 끈 구름들이 산맥으로 몰려가고

백 년 동안 감정이 말랐던 강물 방울들이 일제히 일어나 어둠의 갈증을 쏟아 냈다

검은 넥타이에 풀물이 들고
끈적이는 나무 그늘을 흔들어 깨우던, 대서 즈음이었다

여름 자전거

땅 위의 모든 숫자는 지워지고
어떤 색채도 사라진 뒤에야
네 뜸한 소식은 허공을 떠다니던
아찔한 높이의 안장에 앉아 있다

찔레 가시 같은 목마름 한 다발 신고
북쪽 너른 바다로 가는 느린 기차
역전 시계가 조는 사이 그을린 얼굴로 정거하면
두근대는 바퀴마다 현기증처럼 무성한 물이랑이 일고
내 작은 자전거는 밀짚모자를 쓰고 더운 바람을 들이켠다

유리 지갑처럼
내장이 벗겨진 채
종점으로 힘겹게 끌고 가는 프리덤의 낮과 밤
여름 자전거가 암호의 세상을 굴리며 간다

젊은 날은
금방 스러지고 마는 실바람같이
감시탑의 탐조등에 잘못 걸려든 암실의 빛과 같이
순간을 견디지 못한다

이번 생은 다 지나간 것일까
흰 목덜미를 감고 빛나던 여름의 바퀴가
바람 먼지에 그만, 뚝, 제 다리를 부러뜨린다

자연스런 가면극

피부병에 안 좋다는 젊은 의사의 경고에도
술 몇 잔 하고 취한 김에 둘러서 집으로 가는 길

하루는 따개비로 살고
하루는 물총새로 살고
하루는 네가 돼서 살고
하루는 돼지가 돼서 살고
하루는 독사로 살고
하루는 냇물이 돼서 흐르고
하루는 승냥이로 살고
하루는 은초롱꽃으로 피어 살고
하루는 일개미가 돼서 살고
하루는 노랑나비로 펄럭이다가
또 하루는 하루살이로 원 없이 살고
하루는 일 억 광년쯤 떨어진 별이 돼서 살고
그렇게 열이틀 살고 나서는
영원히 나는 내가 돼서는 살지 않겠다고 다짐하면서
칠성님께 빌고 빌면서
날숨과 들숨이 균형을 잃어 가면서

\>

또렷하게 덮쳐 오는 먹이를 채집하는 일상은

어딘가 돌아갈 곳이 있다는 위안은

온 마음을 다하지 못하게 하고

궁극의 가장 무거운 중심에 이르지 못하게 한다

술 몇 잔 하고 돌아가는 가려운 길

뒷덜미가 가려운 것은

살점이 가려운 것인가

삶이 가려운 것인가

우리의 낯선 우정

벌에 쏘인 듯 뒷덜미가 따가운 여름날, 마흔 해 전쯤의 풍문들이 소나기처럼 홀연히 덮쳐 왔습니다 자고 나면 자라던 키나 거웃 말고는 특별히 내세울 만한 자랑이 없던 시절에는 연못 둑에 앉아 대양의 검푸른 격랑을 떠올려도 좋았을 것입니다 서로 다른 땅에 뿌리를 두게 되면서 먼 소식은 바람으로만 스치게 되고 잊고 지내는 날들이 재산처럼 쌓였을 것입니다 스스로 내 배꼽을 자른 여자가 자궁을 헐었다는 부음을 되받아치듯 출장 중이라는 말과 함께 사람을 시켜 부의금을 보내왔습니다 그다음은 어떻게든 누가 숨졌다는 시절에만 당신의 이름을 손님으로 맞게 될 것을 내다보는 날이 아득히 이어졌습니다 프라이팬에 올려진 녹음이 늘어진 잎새의 몸을 볶아 뒤집고 있었습니다 우리의 마음도 너무 뜨거워서 서로 만질 수 없는 것일지도 모른다는 몇 번의 궁리에 어둠이 밀려오는 하늘이 데워져 낮아지고 있었습니다

죽은 돼지를 거적에 말아 지게에 지고 벗들의 문을 두드렸다는 얘기가 어슴푸레 창을 두드리며 여름밤이 무섭게 따라왔습니다 갑갑한 바람이 옛일과 사람 사이로 들었다 나갔다 하며 혼잣말을 중얼거리고 후줄근히 젖은 밤이 옷을 벗으며 먼동을 불러들이고 있었습니다 언젠가 우리는 검은 물빛을 지닌 우물처럼 깊고 깊었던 적 있었을 것입니다

절값

'아직도 그대는 내 사랑'의 가수 이은하는
몸이 많이 부었다는데
우리 이 은하는 어떤가

우리 은하에만
5천억 개의 별이 있고
그런 은하가 2조 개나 있다는데

수중엔
흔한 막걸릿값 몇 만 원이 없어
목돈이 필요할 때마다 하느님 몰래
은하 하나씩 팔아서 잘 쓰고 있다

잔칫날이나 상갓집에
깡마른 똥개와 마른버짐 꽃 핀 아이들이
장꾼처럼 모여들던 때가 있었다

귓바퀴가 데려온 경조사에
절값으로 얻어먹는 술 몇 잔과 국밥은
지금이 더 맛있다고 생각한다

면사무소

날이 풀리자,
더벅머리 산벚나무 총각이
이웃 산수유나무 처녀와 꽃 짐을 지고
시오 리 산길을 걸어 내려와
오랜만에 야시골 면사무소에 들렀다

면서기들은 모두 출타했는지 없고,
면민들이 면사무소麵事務所 간판 아래
너도나도 뻘뻘 꽃잎 땀을 흘리며
후루룩 쩝쩝
메밀꽃 반죽에 대한 민원을 밀어 넣고 있었다

충고

비혼주의를 고집하던 달이
드디어 콩깍지가 단단히 씌었다

한데, 1,000년이 넘도록 사귀기만 할 뿐
도무지 결혼할 기미가 보이지 않자
보다 못한 엄마 달이
걱정스레 한마디 던졌다

애야,
그래도 결혼식 올릴 때까지
혼전 순결은 지켜야 한다

달이 구겨진 처방전을 내밀며 조곤조곤 대답했다
엄마,
나 곧 폐경이야

당분간,
달 모녀가 식구를 불리기는 좀 힘들겠다

속절없이 출렁이며

당신은 죽어 별이 되리라는 뭉클한 말 때문에
가랑이를 벌리고 고통을 찢으며 나를 낳았지

안날 일기예보에
오늘은 유난히 별이 많이 쏟아지니
지붕에 난 창문을 잘 닦아 놓으라 했어
별들의 유혹이 닥쳐오리니
짓물러진 마음을 잘 묶어 두라 했어
올해는 별 농사가 잘됐어 풍년이야
산마루 가까이 지은 집은 하늘과 가까워 별숲이 더 반짝
거려,
별들이 폭설로 쏟아져
별을 녹여 얼굴을 씻고 밥을 지어 먹지
어떤 날은 늙은 별들이 푹푹 쌓여 길을 지워
귓갓길을 잃기도 하지
아랫마을 노파는 보란 듯이 별의 숲에 묻혔지
여기엔 금고도 없고 도둑도 없지
별은 향기로운 스무살 가슴처럼 몰랑몰랑하지
아픔도 상처도 머물지 못하는 별의 무리 속으로
가뭇없이 지워져도 아무도 슬프지 못하지

나를 낳은 여자의 눈 속에

별의 강이 출렁이며 흐르지

오늘 밤엔 찢어지는 통증에도 아무도 아프지 못하지

올챙이

물이 따뜻해졌음을
몸이 뜨거워졌음을
시절이 바뀌었음을
저처럼 냉정히 가리키는 게 또 있으랴

누군가는 저 외지느러미처럼
붉은 주먹 하나로 세상을 걷고
또 넘어지기도 하지만

또, 저 외로운 꼬리 하나로
한결같이 한철 부지런히 휘젓다 보면
아픈 몸에서 꽃도 피고
그 몸으로 살기도 하는 것이다

시월 엿샛날

리듬에 취한 로큰롤 그룹사운드 드러머처럼
바닥을 두드린 빗방울이 발목으로 뛰어들 때
굳게 잠긴 창고의 화분은 말라 갔습니다
봉숭아가 지고 과꽃이 시들어 갔습니다
탱자나무 가시는 슬픔으로 제 울타리 허공을 찔러댔습니다
탕국을 끓여 내던 아궁이 재처럼
향년享年은 어둡게 식어 갔으리란 짐작만 남았습니다
가을비를 머금은 들판은 금잔디 노란 윤이 났습니다
꽃은 대궁을 떨며 향기를 거둬들였고
살아 숨 쉬던 모든 물건이 생기를 잃었습니다

슬픔 따위는 이미 소용이 없었고
내가 만지며 빨고 자란 젖꼭지는 온기 잃은 의식을 지우고
높은 낙엽에 덮였습니다

여자를 잃은 내 슬픔은 그뿐,
굽고 도드라진 등뼈를 들썩이며 황소처럼 늙은 남자가 울
었습니다

프리지어 속에 브래지어가 자란다

유럽연합의 자유로운 기찻길처럼
프리지어 속에 브래지어가 자란다
하늘이 짓누르는 생사의 중력 말고
땅이 끌어당기는 일상의 유혹 말고
옹진에서 고성까지의 더러운 전쟁의 쇠가시 말고
프리지어 향기 속에
브래지어의 젖 냄새가 봄을 밀고 온다
진한 사투리 고백의 향기
평양말 말고 서울말 말고 봄의 언어를 갑옷처럼 단단히
걸치고
푸른 브래지어 속에 프리지어가 자란다

냉동된 노을빛 뱉어 내며 짓물러 가던 지평선 끝에
노란 꽃바람이 봄을 기다릴 때
바다를 뛰어온 햇살이 속살까지 출렁일 때
프리지어는 부푼 브래지어처럼 향기롭게 빛난다
섬 등대 먼 불빛 깜빡이는 밤바다 위에도
푸른 브래지어가 줄지어 자란다
푸른 브래지어에서 하얀 젖이 흘러 철조망 적시며
수줍은 푸른 브래지어 속에 프리지어가 자란다

>

오늘 밤에도 프리지어 속에 푸른 브래지어가 자란다
삶의 높은 미망迷妄이 망국처럼 가라앉고
뜯어진 빵처럼 쪼개진 산하에
오 프리지어! 이 후레자식 같은 겁 없는 향기가 자란다

봄의 몸을 들여다보다

한겨울
창백한 눈발의 커튼 사이로
봄의 여린 몸을
유심히 들여다본다

메스 날로 갈라 보지 않아도
봄의 몸이여
거름 채운 당신의 ㅁ에
햇살 몇 닢 흘러가면,
가려운 ㅂ의 두 꽃대 위
은관銀冠의 하얀 나비
떨잠에서 우화羽化할 것을

홋줄처럼 팽팽한 날들 게워 내는 동안
봄의 몸을 들여다보며
얼룩말 꽃물결 무늬 밥을 지어 먹는다

닦아 낼수록 몸에 더 눌어붙는
파리한 무지개를 떼 내며,
ㅗ의 자궁에 숨은 배추흰나비

암실의 까만 눈으로 꺼내 본다

봄의 육체에서는
노란 화분 받침대 위에 붉은 튤립 와인 두 잔을 피워 놓
을 것이다

미역국

네 귀가 애미 자궁을 빠져나오던 날잉 기라
몸 푼 뼈다구가 제자리를 잡기도 전에
또 한데 일을 나가야 했지만서도
이 애미도 그날 한 그릇 아프게 삼켰던 기라
기장과 삼척 사이쯤 바닷가 방구에 오순도순 붙어 살았
을 끼라
물결에 이리저리 일렁이며 살았을 끼라
바닷물보다 짠 눈물 맹글어 보았지만서도
바람 찬 날 연 꼬리처럼 하늘이 시키는 대로 나부끼며 살
았을끼라
퍼런 낫이 목을 거둬 가기까지는 그 방구를 떠나지도 못
했을 끼라
깨진 물결의 비린내가 온몸에 묻었을 끼라
조선솥에 불려 장작불을 놓아 끓여 냈으이
따신 밥 한 술 말아
이래저래 시큰한 내장 속으로 미끄러져 갔을 끼라
태풍 쓸고 간 바다를 풀어 끓여 놨으이 간도 잘 맞았을 끼라

읍내에서 대처 큰 병원으로 앰뷸런스 사이렌 소리에 실려
여자는, 일생의 비린내를 감고 바닷가 미역처럼 일렁였다

늙은 호박 같은 한가위 보름달이 몇 날을 이울 때
응급 중환자실 미역 줄기를 온몸에 치렁치렁 꽂고
기장과 삼척 사이 어디쯤 캄캄한 바닷길을 애써 물었을
것이다

봄비

1.
기척도 없이 마당을 넘어
들창가로 걸어와,
숨 멎은 방을 나직이 두드려 깨웁니다

커튼 밖으로 참죽나무 끝에 앉아
함초롬히 젖는 새,
눈물이 어리도록 바라보는데

마른 국화 다발에서 봄물이 뚝뚝 떨어지도록
뜨거운 포옹을 다시 해 주시렵니까

2.
어둠을 풀어놓은 삼십 촉 전구처럼 봄날은 천지간에 젖
는데
날 사랑해 주시던 품 내음을
아득히 멀리서
한 아름 넘치게 몰고 오는 것이겠지요

어머니, 가만히 다녀가시는 동안

나는 까맣게 그을린 섬으로 철썩이겠습니다

흘림체로 그린 봄비의 눈 화장은 모른 체하고
당신의 여백에
작은 새처럼 먹빛으로 젖어도 되겠습니까

휘어진 골목을 위한 안경

읽지 못하고 버려지는 책 속의 글자들이 졸음 속으로 무너
졌다
무너지는 것들은 아름다웠다
골목을 내려다보던 별은 흉기처럼 뾰족하여
젖은 황토 같던 사람들 가슴에 자주 생채기를 냈다
이웃이 다니던 골목은 별빛에 긁혀 사그라졌다가는
악몽처럼 벌떡 일어나 갱도 같은 큰길로 바삐 걸어가곤 했다
겸손하고 말수가 적던 골목 모퉁이에도
가임기의 제비꽃 씨가 싹을 틔우고
가끔씩 두려운 풍문을 임신한 느린 그림자들이
배고픈 바람을 걸쳐 입고는
녹슨 대문 앞을 두리번거렸다

거절을 익히지 못한 이 골목에선
모난 바퀴들도 잘 굴러다녔고
망루 같은 전봇대는 늘 둥근 것들의 게으름이 궁금했다

지금 이 순간에서 한 발짝도
도망치지 못하는 먼지 낀 유리창은
투명의 농도를 지키기 위해 하루하루 유형의 세월을 견뎠고

풍경이 지워지는 것을 보고도 묵음으로 처리되는 항변은
그것이 태생적이라 더 아팠다

한 사람이 무너질 때마다 마을의 지붕들은 푹푹 가라앉았고
골목은 오랜 그림자를 늘여
비단보다 매끄러운 찬바람의 이불을 덮어 보내 주었지만
빈소를 지키며 떠돌던 혼백은
장례식장 냉장실 저울을 힘겹게 떠받치고 있어야 했다

미련 없이 무너진 것들은 텅 비어서 한껏 아름다웠다
골목의 검지와 중지 사이에선 햇살이 쏟아지고
흩어진 혼백의 분향 같은 담배 연기가 전깃줄에 걸려 어
지러운데
귀향을 기다리는 또 다른 그림자들이
휘어진 골목을 편식하며 자주 어른거렸다

늙은 중

더워지기 전에 잿빛 바랑을 지고 찾아왔습니다
초인종 없는 문을 열며 목탁을 두드렸습니다
기와집 아래 중들의 난투극과 술집과 2차와
뒷목에 잡힌 삐져나온 목살을 떠올리며
티벳 설산 퀭한 눈의 흑갈색 승려들을 생각했습니다
더 이상 시주를 하지 않는 나에게
봉지 커피 두 잔을 거푸 시켜 마시고는
내게 남은 눅눅한 여름을 가지고 사라졌습니다
출출해져 막걸리 한 잔이 생각나며
가을비가 우람하게 쏟아지던 날
창백한 화분을 처마 밑에 내놓아 비를 마시게 하려던 무렵,
땀 냄새 풍기며 떨리는 손을 가지고 다시 찾아왔습니다
묻지 않아도 나는 두 잔의 봉지 커피를 내밀었고
그는 햇빛 넉넉한 마당에 펄럭이던 낯익은 빨래들처럼
내 마음의 빨랫줄에 단풍잎 같은 서늘한 선문답을 몇이고
널어놓았습니다
약속 같은 거 없이도 꽃은 피고 또 지듯
더 저물기 전에 산 사람은 어디론가 스며들어야 합니다
언제 다시 오마는 말은 버려야 할 집착의 파편쯤,
밀짚모자와 가사에 목탁과 떨리던 손을 거두어

정시에 떠나는 열차라도 황급히 잡아탈 요량으로

목탁도 한 번 쳐 주지 않고 다시 빗속으로 사라졌습니다

늦가을

  딸년은 영락없이 독한 제 할미를 닮아서 이태를 기별이
없었다
  아랫집 가을 노파가 달포를 넘기며 병원 문을 나오지 않
자 노인정은 활기를 잃었다

  산마을에서 읍내 네일 숍으로 몰려든 활엽수 이파리들이
무지갯빛 매니큐어를 바르며 수다를 떠는 사이 한생을 현란
하게 채색하는 데 허비하지 말라던 진심 어린 여름의 충고
는 멀어졌다 맹렬히 붓을 놀려 엽서를 쓰던 젊은 가을은 맥
주를 마시고 취했고 깨어나서는 새털구름 문양의 거품 가
득한 커피를 즐겼다

  쉰 평 남짓 텃밭의 바싹 마른 콩꼬투리가 몸을 벌려 농익
은 알갱이들을 뱉어 내면 우물터 은행나무도 병아리처럼 물
들어 나부꼈다
  노란 스카프를 두른 국화꽃은 바람보다 빠르게 몸을 흔들
며 우듬지 끝 까치밥 홍시처럼 붉어지길 바랐다
  푸석해진 시멘트 벽돌 담장을 넘어 비닐하우스를 덮던 호
박 줄기도 애호박을 더 이상 출산할 수 없게 되자 뿌리에 내
장된 송수관을 닫아 버렸다

아랫도리가 곪아 쇠비린내 나는 대문을 타고 오르던 방울
토마토 두 포기가 성년이 되지 못한 연둣빛 알갱이를 하나둘
씩 땅으로 내려놓던 느지막한 오후,
　콘크리트로 단장한 골목길이 기척도 없이 마당으로 성큼
들어서자 놀란 참새 떼가 감나무에서 참죽나무로 날아올랐다
　알배추는 만삭의 배를 만지며 밭두둑에 드러누워 바짓단
의 냉기를 털고
　상반신을 드러낸 무의 행렬은 초록이 어떻게 계절의 징검
다리를 건너는지 보여 주려는 듯 어깨 벌어진 땅의 쪽문을 열
고 어둑해지는 채마밭 아래로 걸어 내려갔다
　수인처럼 고개를 숙이고 걷는 시간의 발자국이 고갯마루
로 흘러가면, 게으른 하늘이 노을의 불씨를 놓아 서녘 별밭
을 불태우며 쫓아왔다

　한 세월 간간이 세상 소식을 기다리던 흑단 문패는 한자리
에서 늙어 노년을 맞았다
　방울을 울리며 가을은 딜컹거리는 운구차에 실려 도착했고
　해가 숨어 버린 들창은 두꺼운 그늘을 펼쳐 수수깡 일렁이
는 마른 풍경을 부려 놓았다

가화만사성 만세

어둠의 꽃도 때가 익으면 피게 마련인가
환갑이 가까운 옥이는 한참 만에 집에 들를 때마다
자신의 불행을 낳았다며 늙은 엄마 아부지를 들볶았다
옥이는 남편과 우산 양산을 만들어 내다 팔았다
오빠네를 불러들여 동업을 했고
오빠는 살던 집까지 처분해 전부를 쏟아부었으나
옥이네는 사업이 기울자 오빠 몰래 새벽 짐을 싸 남쪽으
로 황급히 떴다
가화만사성은 결핍을 당해 내지 못했다
옥이는 중학교를 마치고 여공이 되었다
어렵사리 번 돈은 오빠와 동생 공부 밑천으로도 들어갔고
더러는 계를 붓다가 떼이기도 했다
강원도 출신이라는 사내를 만나 가정을 꾸렸으나 그는 술
을 좋아하고 노름에 손을 댔다
가끔 옥이네가 옷가지나 선물을 들고 오는 날이면
옥이 아부지는 술 오른 얼굴 같은 인감도장을 벌겋게 찍
어 주곤 했다
오래지 않아 법원에서 출두 명령서가 날아왔고
아부지는 강소주를 마셔댔으나
결국 농사로는 어림없는 빚을 내 도장값을 대신했다

몸뚱이만 남은 오빠네도 누룩처럼 누렇게 뜬 세월을 보냈다

그렇게 오십여 년의 거미줄이 친정집 모퉁이에 착하게 집을 지었다

햇살 넉넉하던 점심 나절, 그해를 못 넘길 것 같다는 아부지 뜻에 따라

오빠는 할부지 산소 바로 밑에 쌀을 묻어 가묘 표시를 하고 왔다

조용한 여름이 돌아와

장독대를 둘러서 도라지꽃 봉숭아꽃 피었고

꽃불을 지핀 듯 단풍이 접성산을 미끄러져 내려올 무렵

엄마는 나락이 익어 가는 치봉골 양지 녘에 먼저 집을 지었다

안부 기별조차 끊긴 옥이가 뜨개실로 울퉁불퉁 짠

家和萬事成 액자가 걸려 있는 친정집은

화목해서 거칠 일이 없었다

공포의 번영

사이렌이 울리지도 않았는데

세상이 발칵 뒤집혔습니다

영문도 모른 채

부푼 가을은 겨울 문풍지처럼 떨고 울었습니다

낮이 폭풍우의 밤보다 어두웠습니다

산새들이 마지막 비행을 시작했습니다

비열한 이빨을 가진 늑대들이 장닭을 쫓듯 처녀를 쫓고

수캐를 패듯 더벅머리 총각을 패고

굴비를 엮듯 사람을 엮고

가을 무를 묻듯 동네 사람을 캄캄하게 묻었습니다

진실은 어두운 동굴에 갇히고

공유의 광장은 부르튼 입을 닫고

이 모든 광경을 지켜본

시월의 하늘은 갈래갈래 더 시리게 푸릅니다

불안한 발걸음 소리와 외마디 비명들이

학살의 비탈에서 부대끼며 자랍니다

핏물 같은 빗줄기 가르며 질퍽이는 시간의 바퀴는 달리고

침략과 약탈 위에 제국주의가 몸집을 키웠듯

죽음의 골짜기는 억울한 피와 살을 먹고 우거졌습니다

아름다운 노래들 망부석같이 냉전의 고갯마루에 얼어붙어서

시월의 멍든 하늘 자락 부여잡고 소리 죽였습니다
마저 다 그리지 못한
찢어진 악보의 어깨가 욱신욱신 아파 옵니다
이 산하와 하늘땅 오롯이 키워 낸 것이
끊임없는 억울한 죽음과 외마디 비명이었다니
그것은 공포의 무서운 번영이었습니다

슬픔을 삼키는 계단

볼 때마다 주름이 더 패어 있는 시간의 이마를 가만히 짚
어 봅니다
봄날의 주름은 청보리밭 이랑을 안고 산들바람에 일렁
입니다
파란 허공의 주름은 응고되어서 안타까운 연애 같습니다
아픔을 느끼는 주름은 살아서 숨을 쉽니다

가시가 뱉어 내는 붉은 줄장미의 화원을 거닐어 보셨습
니까
평지의 중심에서 태어나 꼭대기로 가는 길을 내주었으나
흙 묻은 시간의 가시가 가슴을 깊숙이 찔러
신음을 삼키던 높이의 풍경은 어떻던가요

코끼리가 흰 다리로 지키는 따뜻한 사원을 지나가 보셨
습니까
안온의 자궁에서 태어나 평온의 일상을 꿈꾸었지만
기다림의 과녁에 꽂혀
바닥의 웅장한 탯줄을 잘라 내던
딱딱한 충고의 혓바닥은 또 어떻던가요

>

슬픔을 삼키는 계단은 삼우제의 봉분처럼 살아 있습니다

스스로 목숨을 거두며

높이를 버리는 계단은 그저

밀폐된 수도원의 밤처럼 통증의 음악도 무던히 견디는

것이겠지요

위험한 책 속에 위험한 편지가

미간의 횡단보도 앞 주름살에 와 멈추는,
이미 고어가 된 정갈하고 따뜻한 말들

발신인은 하매 잊었을
위험한 책 속에 위험한 편지가
비밀을 엿보는 충혈된 눈으로
치매 같은 나날들을 훑어보고 있었습니다

빙벽 위를 급류처럼 밀려 떨어지던 애절한 손짓들
북국의 찬바람으로 얼려 버리고,
마른 잎으로 쓸려 다니던 쓸쓸함의 그림자들
지워지지 않고 우뚝 서서 걸어오는 아픔들
균형이 무너진 시간의 허리 곁에 바투 앉았는데

우리가 아낌없이 바친 것은 과묵한 시간이었습니다
차가운 먼지에 묻혔던 시절은 짧은 기다림이었을 뿐,

지나간 날들이여
방바닥으로 떨어지는 불빛의 고름같이 생채기를 내던 편지는
숭고함을 잃지 않도록 입을 다무는데

>

그날들의 길 위에 수북수북 벚꽃이 피었다든지

장독 위에 소복소복 눈꽃이 쌓였다든지 하는 새하얀 소
문들이

환하게 창을 열고 들어오는

아주 후일의 밤입니다

이름의 그늘

아버지가 소중히 쓰다듬어 지어 주신 이름을
평생 쓰고 다니면서
내 이름의 차가운 그늘에서
얼마나 많은 생명들이 상처를 새겼나

어머니가 어질게 살아라 지어 주신 이름을
날마다 소비하고 다니면서
내 이름의 따스한 그늘에서
얼마의 목숨들이 빛나는 생기를 얻었나

나는 한 세월 이룬 것 없이
다만 눈보라 길을 휘청대며 걸어가네
눈보라 맵게 날려
반백斑白의 머리카락 들추며 산허리는 얼어 가고

내 이름아 내 이름아
닳은 구두처럼 부르며
증기기관차같이 오르막 오르는데

\>

이름이여, 사람의 정체여

언제쯤 저 거친 설산을 돌아 나와 낯선 미래에 닿을 것인가

겸허의 맑은 물을 마시고

비현실적 도로망과
우주 만물에 다
흥망성쇠가 있다 할 때

외로움과 가난과 육신의 아픔이
한 생을 욕망한 악보 위에
투명한 허공의 현을 뜯는 때가 닥쳐올 것인데

거대한 물의 감옥에 갇혀
한 모금 갈증으로 죽어 가는 섬처럼
밀물의 날들은 무한히 견디며 끌고 가는 것인가

제2부

자유정신

귀염둥이 노랑 버스가 출발했다는 기별이 닿으면
들판 소풍 가는 병아리 떼 입 모양 하고
종종걸음으로 나오라 일렀더니

소슬바람 너머 잎 진 연못 둑
자맥질 마친 오리 대여섯
젖은 궁둥이 무심히 털고 가듯,
추운 졸음에 깜빡 취한 하늘 흔들어 깨우는
노란 결의!
겨울 개나리

기르다

동해 해변은 굳이 측량하지 않아도 되겠어
해도는 더욱 만들지 않아도 되겠어
국수 면발만 하던 빗줄기가 가늘어지며 쨍쨍한 해가 떴
으니까
산맥에서 바다까지 걸터앉아 채색한 환영문을 열어 주던
무지개를 만났으니까

그날부터 꽃밭을 지심매는 일은 심드렁해졌지
가슴이 두근거려 길을 놓치고 바다로 텀벙텀벙 걸어 들
어갔어
기어코, 이마에는 무지개 닮은 뿔을 키우고
엉덩이에는 무한 동력의 지느러미를 기르고 싶어졌어

암자로 가는 깊은 골짜기 초입에 서서
육십갑자 악보를 외던 오동나무도 득음을 위해
뿔 닮은 가지를 낳고
지느러미 같은 잎을 길렀지

좁고 무거운 길들의 회전속도를 감당해 내던 브레이크
의 균형은

남향의 절벽에서 폐경처럼 부서졌어
뿔은 방향이고 지느러미는 에너지란 걸 본능으로 알았지

정원사 노릇은 더 이상 안 하겠어
정말이지 비 갠 날 동해 해변의 무지개는 장관이야
하늘은 무량수를 두어 땅을 기르고
사람은 일생을 걸어 굽은 그림자 하나 기른다고

삶도 분노도 너무 짧다고
짧으면 무너지고 만다고
길게 견디는 것이 아름답다고

무지개 닮은 뿔은 고목처럼 오래 자라 단단해졌고
무한 동력의 지느러미는 뜨거운 물결무늬를 길렀지

어둠의 물에 오래 적신 것들은 새벽 냄새가 났다

근근이 남의 땅뙈기를 부쳐 먹는 소작농으로
새벽부터 슬픔의 비탈을 경작하던 바닷새들은
섬 쪽으로 부리가 꺾여 죽었다
빈 하늘을 벗어나지 못하는 날개는 이제 너무 무거웠고
몰래 뿌린 바닷새들의 어두운 뼛가루를 탕약처럼 저어 마신
검푸른 물이랑은 따뜻한 라일락꽃 몇 송이 모락모락 피
워 올렸다
안개 속 섬들은 뭉치지 못해 끝내 외로웠다
물결은 밤새 섬의 아픈 가슴팍을 때리다가 동이 트면 잠
이 들었다
피안으로 먼저 건너간 바닷새가 감춰 둔 일기장을 펼쳤
을 때처럼
어둠의 물에 오래 적신 것들은 새벽 냄새가 났다
마음이 먼 것끼리는 서로 귀한 약속을 던지지 않았고
어둠의 대양을 건너온 옷자락에선
깊은 속을 뒤집어 보인 차가운 바람 냄새가 펄럭였다
가장 훌륭한 재판관은 자신의 어둠 속에 있는데
지치고 비뚠 입술은 시원한 새벽의 판결문을 허락하지 않
았다
외로움 때문에 다가간 것들은 꿈속의 포옹같이 잘 부서졌고

화끈거리며 빨리 취기가 올랐다
어제의 피로가 채 사그라들기도 전에
잠 설친 아침이 굽은 등을 하고
어둠의 폐기물 더미를 건져 올리는 것을
붉은 입술의 등대가 바라보고 있었다
누구나 마지막엔 기다려 주는 사람이 있는 곳으로
돌아가야 함을 어둠을 먹어 본 것들은
본능으로 토해 낼 줄 알았다
여태 아침이 새벽을 거르는 습관은 없었던 것처럼
어둠의 물에 오래 적신 것들은 새벽 냄새가 났다
나이 든 바닷새들이 털 뽑힌 날개를 물고랑에 버린 후
바람의 허기로 가득 찬 젊은 바닷새들이 킥킥거리며
슬픔의 물컹한 덩어리들을 수확하고 있었다

오래된 책장의 불안에 관한 보고서

게으르고 무례한 것은 그나마 장점에 속했다
낡은 책들 사이 던져진 물음과 익숙한 먼지에는
마저 떼 내지 못한 과거의 눈알이 묻어 있었다

적막과 수동에 익숙했던 그에게
누구도 세금을 매기거나 퇴거를 요구하지 않았다
튼튼하기만을 바랄 뿐 지혜롭기를 기대하지 않았다
그가 세운 높이와 깊이엔 알 수 없는 자부심이 자랐으나
달포나 지난 석간신문의 특종처럼 아무도 관심을 기울여
주지 않았다
한때 젊은 잎을 생산하던 공장이었던 우람한 몸통
그를 증명하는 건 형광등 불빛에 비친 나이테 자국뿐

주인의 외출 순간을 끼워 놓은 책갈피는 졸고 있었고
끼니를 거른 책들은 칸막이마다 숨이 차서 답답했다
허청대며 문장을 훈련시키던 고전의 차례 목록은
'공사중' 외길 표지판처럼 두터운 먼지에 탈색되어 있었다
지문이 박힌 페이지마다 품었을 무수한 내일은
쓰러진 술병만큼도 취기를 뽑아내지 못하는 시간을 견뎠다
오래된 그의 이력은 쿰쿰한 잉크 냄새가 배어

오독의 활자들을 그의 어깨에서 무너뜨려 달라고 호소했다

단조로운 기술로 먹고 사는 멀뚱멀뚱한 벽시계와
몇 날이고 주인의 손가락을 기다리는 컴퓨터 자판에 해
가 졌다
책장의 일상은 한 시간마다 벽시계의 경계망에 걸려들었다
맹물 같은 감정을 주머니 속에 찔러 넣은 채로
한 번씩 삐걱거리는 저 육중한 건조함이라니……

서로 같은 속도로 늙어 가는 주인의 후반기 생도 깨달음
을 얻지 못했다
그가 벗어 놓은 트레이닝복에선 봄이 서둘러 빠져나갔고
그가 넘기고 만진 페이지마다 마른 싹이 웅크리고 있었다

책장은 요지부동이었다 그것이 그를 먹여 살렸다
다시 겨울이 오기까지 반성 없이 얼마나 오래 버텼던 것
일까
쇳물을 녹여 연장을 만들 듯
낙인 같은 활자를 녹여 새잎을 내는 날이 또 올 것인가
책장의 발 아래엔 흐릿한 태몽이 쏟아 놓은 물 주름이 연

신 잡혔다 지워졌다

　화석같이 검고 굳은 혀로 도대체 무슨 말을 배우고 싶었
던 것일까

　그의 오랜 노력에도 그가 익힌 것은 시장에 유용한 기술
이 아니었다

콩나물시루에 물을 떠 부어 주면서

질 옹기 시루에다 삼베 보자기 깔고
한나절 불린 콩을 놓아
하루에도 몇 번씩 물을 떠 부어 주면

그 허망한 습기 빨아들이며
뿌리에 포근한 흙 묻히지 않고도 성큼 커 가는 것이
기댈 바닥 없이도 자라는 개구리밥 일생 같아서

약한 뿌리로 버텨야 하는 긴 겨울날
캄캄한 윗목 시루에 거푸 찬물을 떠 부어 주면서
낡은 봄날쯤이야 마음 두지 않고
거칠고 깊은 홀로의 밤 거듭 맞으며
한 세월 눈보라 굳건히 헤쳐 나갈 다짐을 키우는 것이다

꽃비가 내린 뒤였다

밝은 달빛 저고리를 입은 산비알 능금꽃이 누리를 메우
던 무렵,
대풍작으로 농민들은 양파밭을 갈아엎었다
순박한 농민들은 자기를 학대하는 것으로 위안을 삼았다
연일 불경기를 알리던 뉴스가 들판을 폭식하던 그해,
지겹도록 저물 줄 모르는 풍년의 축제를 위하여
관리들에게는 새로운 사조의 철학이 필요했다

바람은 철마다 펄럭이는 것들 위에 살았다
갈바람이 은행나무를 훑고 간 뒤
엄마는 가을주식회사에서 해고되었다
겨울의 굴뚝 꼭대기로 올라가 고공 농성을 벌였으나
가을로 복직되지는 못했다
끈질긴 복직 요구에 대해
관리들은 언제나 관련 법규 조사 중이었다

불면의 퉁퉁 부은 붉은 눈으로
떠듬떠듬 얼음의 차가운 문장을 더듬어 읽으며
엄마는 제비꽃처럼 보랏빛 멍이 들어
아린 파종의 봄을 또 기다렸다

봄이 온다는 기별은 바다를 에둘러 오는지 더디기 일쑤였다

관리들의 수당과 보너스는 즐거운 파티처럼 언제나 흥분
되는 것이었다
양파며 굴뚝 따위는 선거가 끝나자 잊혔다
조락凋落으로 내몰린 연두며 초록,
연분홍이며 선홍의 꽃이파리를 보고서에서 지우는 것이
관리들의 뜨거운 업적이었다
봄여름가을겨울, 대체로 높은 성장과 행복 지수로 평가
된 사철
관리들은 우상향의 그래프를 신봉하는 신흥종교의 신도
들이었다
봄이 와 능금꽃이 벌들을 불러들일 때 관청에 첩보 하나
가 날아들었다
농약병을 쥐고 양파밭에 한 사내가 엎어져 있다는,
꽃비가 내린 뒤였다

장마 예보

구름의 소방수들이
이상 과열된 대지의 가뭄대책수립청원에 대해 난상 토
론 중인데

허튼 살 털어 내며
낮은 데로 내려와
물컹한 뼈로만 앉아
입을 다무는 것은
얼마나 혹독한 자기반성인가

이내
단식으로 흩어졌던 깡마른 허공의 이빨들
목발을 짚고 일어나 절뚝절뚝
거친 숨 몰아쉬며
기어이 밀려들 터인데

무성한 풀의 격발
외딴 폐가를 푸르게 관통한 지 오래,
내남없이
질긴 연명의 뿌리로

금속의 경계를 쓰러뜨리려

이 한철 얼마나 길고 선명한 일기를 써 내려갈 것인가

반곡지 왕버들

복사꽃 그늘 파란 풀포기 사이로 민들레 피고 진 뒤
천궁을 수놓은 성좌에서 하늘의 경전이 인쇄되고 있을 때
높은 것은 낮아지고 낮은 것은 높아지도록
연둣빛 두건을 쓰고 비가 내렸다

날카로움은 무디어지고
결핍은 숨통이 트이도록
중력의 눈물을 퍼내던 진량공단 지붕에도 내렸다

봄비가 내려
초승달도 점점 배를 불려
가득 부은 술잔처럼 봉긋해지는 모습을 보면서
어리석게도 우리가 지닌 약속도 만월같이 밝게 차올라
귀한 목숨이 될 것을 믿었다

높은 것이 낮아져 만용의 산들이 사라지면
높이의 뜨거움을 견딜 것은 하늘뿐,
새벽에서 어스름까지 하루 또 하루
하늘의 경전조차 젖어 낮아지는 이때
물구나무선 시간의 뿌리가 비를 맞는다

\>

반가 사유의 실타래를 풀어헤친 몸,

수심으로 늘어뜨린 가지에 시간을 닳은 땀방울이

지축의 유리 구두 위로 떨어져 흘러내린다

엄마들

궁박한 겨울을 나려고
송아지를 떼서 팔고 나면
누렁이 어미 소는 몇 날을
신음을 퍼 올리며 밤낮으로 깊은 샘처럼 울었다

참꽃 필 무렵 강아지 몇을 또 떼서 팔고 나면
누렁이 어미 개는 불어 터진 제 젖을 핥으며
며칠을 먹지도 않은 채 빈 마당의 고요를 끌어안고
끙끙거리며 야위었다

오늘이 남은 목숨의 마지막이라면
세상은 얼마나 경이로운 아름다움으로 가득할 것인가
마지막 나누는 한 끼 밥상은
멀어져 가던 막차의 속도처럼 각자도생의 흐린 길을 걷
고 또 놓쳤던
위험스레 드리워진 우리 어둠을 깨끗이 씻어 줄 것인가

산허리에 앉은 엄마는 이제 꼼짝을 않으시네
날이 가고 또 달이 가도

>

엄마의 헛그림자조차 그리운 나는

불 꺼진 빈방의 가슴팍을 헤집고 내생까지 하얗게 야윈다

박스의 통증

혼백이 빠져나간 허름한 육신 같은
엄숙한 북방의 장례 같은
늘 그 안이 궁금했는데

길과 시간이 사라진 박스 안,
인기척이 살고 있었다
똑똑 노크하니 동거하던 어둠이 문을 열어 주었다

박스 안은
주거 부정의 푸른 사상이 앞다투어 도주한 면적만 남았고,
혁명 따위 빈 박스 안에 갇혀 버렸다

직립보행의 시간들이 무거워
살아남으려 발버둥 쳤다는 아픈 진공,
박스의 세월은 늘 배가 고팠는데
컹컹컹 허기의 달빛을 보고 짖으면 서쪽 하늘에
핥아서 반들반들한 별들이 떴다

무겁고 어둑한 세상을 이끌었던 것들 모두 바람을 닮아

속이 비고 허리가 굽었는데

박스의 통증에는 무정부상태가 지속되었다

혼자 먹는 밥

흰 목덜미 같은 사발에 밥 한 주걱 퍼서
식은 시래깃국 부어
불 꺼진 저녁 천장 마주하고 병자같이 먹는다

얻은 기억은 가물가물한데
불현듯, 내놓아야 할 것이 줄지어 섰다
다가올 것들은 희미하고
떠나갈 것들은 또렷하고 당당하다

마당에서 토막 잠을 자던 바람이 어깨를 들썩인다
이제 몸 밖도 몸 안도 조금씩 내놓아야 할 때인가
매달릴수록 떠나는 것들이 구름져 비 되어 내린다
아끼는 것들은 붙잡지 않아도 차가운 온도로 떠난다

혼자임을 깨치는 일은 살가운 자기 그림자와 이별하는
아픔이다

무거운 나이도 그렇게 먹는 것이다

무엇을 기다리든

허기진 것들은 혼자 먹는 밥처럼
절망인 척하는 것이다
애매한 질문은 되돌려 주는 것이다
훌륭한 해답을 알고나 있는 듯이

슬픔의 오독

당신 없인 못 산다던
지독한 시절 지나고,
이제…… 당신 때문에 못 살겠다는 당신

몇 번이고 빗물 머금던
뜨거운 세월은 지워지고,

화사한 그늘을 만들지 못한
커트라인 근처의 건조한 그림자들,
허튼 맹세는
함부로 할 일이 아니었으나

누구의 삶도
쓸쓸함의 한 칸 집 짓는 일임을,
아주 먼 길을 가 보기 전에는
도무지 알 수가 없는 일이라

사랑이라 쓰는 복잡한 낱말이 원래부터
슬픔의 오독이었음을
예전에는 알 수가 없었더라

따뜻한 돌

길을 잃어
돌 속을 걸어가다 보면
그 안에 거대한 물류 창고처럼
세상의 모든 길이 구겨져 웅크리고 있다

그 속은 당최 알 수가 없다

딱딱한 순응의 덩어리인가
현실의 세계로 날아와 구체화된 자연의 마음인가

어느 날 예수가 말하길,
"너희 중에 죄 없는 자가 먼저 돌로 치라."

돌의 종족은
번식을 접고 족보조차 묻어 버린 지 오래,

순간, 특히 손에 잡힐 만한 작은 돌들이 긴장했다
차가운 돌 속에도 따뜻한 피가 흐르고 있었지만
누구도 그 몸의 온도를 잴 수가 없었다

손의 윤리학

조립 컴퓨터같이
스물일곱 조각 뼈로 살을 깨고 부화했는데,
무른 지문과 케라틴 손톱도 끼워 맞춰
그럴듯하게
품위 있게 악수도 청하고 이별을 흔들어도 보았으나

고사리손부터 갈퀴손까지
날개의 흔적과 강한 앞발의 축복을 버리고
움켜쥐려 애쓰다
종내에는 펴고 가는 손
직립보행의 잉여에는 대가가 있어
박수 치던 손가락이 금방 굽어서 손가락질하는데

이번 행성에서의 분주했던 흔들림을
모두 진공의 뿌리로 돌려주며
마른 잎처럼 떨구고 가는, 위탁받은 손이여
숱한 별빛 바다를 걸어와
어디서 해묵은 삶을 흔드나

어리석게도,

찰나의 함정에 빠져

영원의, 꽃을 꺾어 버렸네

오래 봄을 기다려 왔으나 새벽 해무에 깜빡 꺼뜨린 등댓
불처럼

꽃 소식

남창을 열면
언어의 경계를 넘어
얕은 졸음으로 쏟아지는
달큰한 바람

우수 지나고, 창을 닫으면
자음과 모음이 해체된 말씀 뒤로
다정한 별꽃과의 해후

흐린 처마 등 너머 하얀 나비 날개 덮고
푸른 밤 건너가는 그리운 꽃 소식

한 생쯤 더 접어서 기다려 봅니다

지상의 길을 헛디뎌 어디쯤
느지막이 오고 계십니까
더딘 날들 헤치며,
쩡쩡 금이 가고 마는 가슴으로

다리 밑

방한복에 목도리를 두른
신천 대봉교

영감들
다리 밑에서 움츠리고
장기 둔다

유방도 되었다가
초패왕도 되었다가
손때 묻은 군졸 부리며
늙은 장기 둔다

잔 커피 파는 할매 입김
석양 노을에 섞여 저물어 가고,
끌려다니던 삶
놓여난 갈랫길에서야
장기판 위에서 움츠리고 호령이다

단풍의 꿈

억겁의 젖은 머리칼을 쓸어 올리는 찰나의 꿈
찰나가 꿈꾸었던 것은
최대한 먼 곳까지 이르러 보는 일

뿌리의 묵직한 꿈은
한생에 먹은 것을 한꺼번에 토해 내는 일

닳은 숟가락 같던 여자는 낙엽이 되어 뒹굴고
달빛이 스며들어 땅속에서 꿈틀거리는 꿈

순교처럼 가지를 부여잡고 있어도
스스로 물들어 종내에는 눈물처럼 떨어진다는
단단한 꿈

사람이 물드는 오랜 방식은
서서히 젖어 들어 비우는 일인데,
조선간장처럼 세월을 두고 천천히 맛 들어 가는 일인데,

참을성 없기는 세월만 하랴

\>

노름판 장땡을 잡은 얼굴로
뜨거운 시대의 교리를 어지럽힌
사문난적의 깃발을 앞세우고
단풍의 꿈이여
이제 어디로 갈 것인가

문득

풀숲에서 한가로이 도토리를 줍던 다람쥐가
날카로운 이빨이 숨죽여 노리는 듯
모골이 송연해져
멎은 심장으로 두리번거리는 순간이다

불가능의 욕망들이 봇물처럼 터져 쏟아지는 곳에
큰대자로 누워 버티다
비범한 날들의 투망에 걸려 사라지고 싶은 찰나다

문득,
발걸음을 멎게 하는 자기검열의 브레이크
현실로 돌아오게 만드는 검은 시간의 회초리
고인을 불러 세우려는 박수무당의 초혼 의례
깨진 창문으로 들이치는 바람 한 줄기에 화끈거리는 폐
경기의 얼굴
민들레보다 샛노랗게 흔들리며 프라이드치킨으로 달려
가는 병아리 떼

뭔가 잘못 살고 있다며 방향 선회를 주문하는 정부 당국
자의 기름진 경계의 말

손발톱이며 온갖 터럭이 꿈틀대며 살갗을 뚫고 탈출하
는 광기의 말
빛이 달아나며 어둠이 스며드는 두렵고 캄캄한 통증의 말
이 세상에 찍어 놓은 육중한 발자국의 검은 낙관이
가벼운 구름의 낱말이 되어
서툰 이력서의 문장 위에서 탄식과 교미하는 말

문득,
유통기한 초과의 녹슨 깡통을 걸어 나온
불꽃 냄비 속 정어리가
가문 세상의 현기증에 왈칵 설익은 자유의 찌꺼기를 토
해 낸다

천국

당장 하루하루가

가뭄의 가지에 달린 이파리처럼 시들어 가는데

궁기에 말라 가는 찔레 가시처럼 야위어 가는데

천국을 위해 기도하는 사람을 보았습니다

자신의 세계를 봉헌물로 바친 천국의 문지기인 듯했습니다

그만하면 이제 됐습니다

이제 기도 같은 것 내려놓고

현실의 고단한 세계로 돌아오라고 일러 주었습니다

사악하고 어리석은 사제들은

유령의 하늘나라를 세워 놓고 불안을 선사하고

세금을 걷고 형벌을 내리고

강철 같은 인습의 거미줄을 쳐 놓고

천국을 부정하는 슬기로운 자들을 불에 태웠습니다

살과 뼈를 태우는 검은 연기가

전소되는 사원의 불기둥처럼 허공으로 올라갔습니다

천국이라는 불멸의 상점은

봉제 공장 인형보다 흔한 천국의 영주권을

갖가지 형태로 팔았습니다

허공에 천국은 없고 기도는 허구고

고통을 함께하는 것이 빛나는 삶의 길이라 알려 주면

어느 자발적인 노예가 진리의 가면을 빌려 쓰고 단죄의
성냥을 그어
이 더운 전쟁과 여름의 하늘로
누가 당신과 나를 또 태워 날려 버릴 것입니까
오늘도 첨탑의 종소리가 하늘의 은혜를 애원하는 곳마다
불안의 완장을 찬 포로들이 우글거리고
고용과 실업을 걱정할 일이 없도록
천국의 신들이 일자리를 예비해 두었다는 것입니까

점월술占月術

검은 산정의 천문대를 지키던 달빛이
선인장 가시가 되어 흉곽을 찌르는 밤,
밤하늘의 노란 달을 도려내면
캄캄한 세월이 또 오겠지요
당신을 식별하던 아라비아숫자도 달빛 양탄자를 타고 떠
나 버리겠지요

움푹 팬 어둠 속 마을 불빛이 이마를 손으로 가리고 나를
바라보았습니다
주머니 속 빈 지갑 같은 나를 만지작거리다
달의 집을 뛰쳐나올 때는 당신이 서운키도 했습니다

달을 보고 당신을 읽어 내면
꽃무늬 원피스 같은 당신의 나이는 내 구겨진 과거와 악
수했고
멀어지는 바닷가 마을은 이우는 달빛에 깎여 나갔습니다

달을 보고 점을 치면
칠흑을 서치라이트로 훑어보듯 바늘귀만 한 추억도 들
켜 버립니다

아마도 최초의 아픔은

갑작스런 가출처럼 떨림이었거나 흔들림이었을 테지요

북방의 폭설에 갇힌 달이 만삭의 배를 내밀면 툰드라의
늑대가 서럽게 웁니다

스스로 빛나지 못하는 달의 운명처럼

나,

당신을 빌려서만 적잖이 빛나던 때 있었습니다

차가운 바다에는 죽은 사람들이 물고기가 되어 삽니다

녹지 못한 슬픔이 물결 이랑에 밀려들 때

그믐과 만월 사이를 걸어

어망에 걸린 물고기처럼 퍼덕이며 당신은 소금의 뭍으
로 올라오겠지요

갯벌의 진창을 빠져나온 지 몇 해,

당신의 아가미며 비늘을 빚어낸 달이 부르터 있겠지요

늙은 꼬맹이 그녀

신도가 늘지 않는 개척교회 첨탑은
노을에 씻겨 붉은 갈색으로 바람에 흔들렸다

만 아홉 살 그녀는
한 번도 새끼를 밴 적 없이
슬레이트 창고 앞 쇠 파이프 기둥에 묶여 살았고

봄부터 논밭일에서 밀려난 영감은 문틀에 기대
새로 난 도로 쪽으로 눈길을 던지거나
마실 나간 할마이 발소리를 난청으로 기다리곤 했다

벌써 몇 마리 강아지가 집 밖을 쏘다니다 돌아와
거품을 뱉으며 오한에 떨다 눈감는 것을 지켜봐 왔으니,
늙은 꼬맹이 그녀는 줄에 묶이고
영감은 세월의 끈에 묶여 살았다

겨울을 나면 웃자란 늙은 꼬맹이 털을 손질해 주었는데
특히 눈가를 뒤덮은 털을 조심스레
가위질해 주곤 했다

\>
등 굽은 할마이도 자꾸 숨이 차올라
이제는 영감에게 음식을 준비하는 것도
늙은 꼬맹이 그녀의 끼니를 챙기는 일도 힘에 부쳤다

우물가 작약과 샐비어 황국이 차례로 피었다 지는 사이,
마음씨 좋은 개척교회 전도사네 개가 또 새끼를 낳았다며
한 마리 갖다 기르라 하지만
늙은 꼬맹이 그녀도 영감 할마이도
물끄러미 세월의 난간에 기대
처진 눈꺼풀을 더디게 껌뻑일 뿐이었다

제3부

정직한 인사

구호와 깃발이 사는 이상한 마을에
사람들은 채탄부같이 검어져
어둠의 깊이로 걸어 들어가야 했지

밤하늘을 떠날 수 없는 뭇별은 졸음 속에 반짝이고
깡마른 봄날은 튼튼한 겨울을 과식해 지치고

불안의 꽃잎이 가지를 떠나면
어둠 속 뿌리는 광산의 수직갱도를 기약 없이 내려가
수취인 불명의 밝은 잎과 열매를
빙벽 위로 목숨 걸고 밀어 올려야 했고

누구에게나 다정히 인사하는 사람은
오늘 밤 홀로 어둠의 손목을 그을 것이다
뛰어내리기 직전의 풍전등화를 안고
찢긴 젖가슴의 핏물을 빼낼 것이다

서울 구경

똥자루를 짊어진 그대
여기까지 온 것만으로도 애를 쓰셨네
단 한 번뿐이라는 경고성의 삶이 가쁜 숨을 쉬며
일회용 콘돔에게 인생학원론을 가르치고 있을 때
218번 버스는 땀을 흘리며 폐역 앞을 지나고 있었네
가로수 길 황금 먼지를 먹고 성큼 자란 이파리들이
독한 술잔을 비우며 묵은 얘기를 늘어놓았네

헤비급의 거대한 기와집
거기에 사람이 와글와글 산다 들었는데
믿지 못할 얘기가
지켜지지 못할 약속처럼 남루하게 살고 있다 들었는데
하늘도 태워 버리는 팔월의 제단에서
곁불을 쬐는 날도
슬픔의 시간이 되면 이슬처럼 증발한다 들었는데

눈썹이 하얗게 센 자들의 지혜는 믿지 말라던
우기의 정전협정을 파기하고 나선
말하는 돼지가 한 경고를 깜빡 잊고 살았네
흉흉한 소문들이 서로를 경계하며 몸을 비벼대는 곳

거기에 부싯돌같이 반짝이는 고뇌의 두상頭狀들이
그럴듯하게 울타리도 치며 살고 있다 들었는데
시간의 그물은
우연히 낡은 경험의 목숨도 여름 강물같이 풀어 준다 들
었는데
인수봉에서 부려진 풍경은 허공의 양 끝을 잡고 흔들리
고 있었네

하마터면 잊을 뻔한
머리 검은 짐승의 입술에서 흘러내린 약속은 믿지 말라던
늙은 돼지의 경고는 와송의 약효만큼
어둠에 익숙한 기와집의 경전이 되어 살고 있었네
똥자루를 짊어진 그대
여기까지 온 것만으로도 애를 쓰셨네

불꽃의 주소록

바람의 따가운 섭리를 들어 본 적이 있습니까
침묵과 웅변의 두 날개로 지은 구름의 정거장을 가 본 적
이 있습니까
순교의 활자를 해독한 정신은 숯보다 어두운 허공을 뛰
쳐나옵니다
별빛은 하늘을 버리고 수만 갈래로 쏟아집니다

음지의 판자 지붕 아래 여린 젊음들은
시간의 눈비에 젖고 얼었습니다
목숨은 질겨서 미싱보다 무겁고 눈꺼풀보다 가볍습니다
냉대의 거친 음식을 삼켜도 오장육부는 튼튼하고
젊은 피는 더 붉게 정신의 도로망을 통과합니다

불꽃은 어디 삽니까
졸음처럼 달콤한 세월은 이제 없으니
칼바람의 날로 눈물을 자르고
굶주린 얼음의 몸에서 불꽃을 피워 냅니다
얼음의 몸에서 피워 낸 불꽃은 자유의 증거로 남고
자유의 의지를 키웁니다

>

우리는 압니다

우리가 걷는 좁은 길들은 철저히 위장되었으니

새파란 싹들이 움틀 때

조심조심 발걸음 가누면서

가난이 희망의 싹을 밟지 말고

사람이 사람의 싹을 밟지 말고

기계가 눈물의 싹을 밟지 말고

자본이 인간의 싹을 밟지 말아야 한다는 것을

불꽃을 지고 스물셋 청년 전태일이 굴리던 바퀴

천년의 눈밭을 터벅터벅 걸어갑니다

비로소 개

말로만 듣던 깍쟁이가 따로 없었다
아내의 벗이 여행 간 사이 며칠 맡아 달라고 보낸 그 녀
석에게서는
싱그럽고 향긋한 냄새가 났다
사람보다 더 비싼 이발을 하고 예방접종을 받고
더 자주 목욕하고 붙임성도 있다니
말쑥하고 세련되어 보였다
은근히 경계심도 돋았다
몰티즈니 푸들이니 치와와니 하는
억세게 운 좋은 견공들은
고상하게 먹고 자고 똥 싸고 산단다

검둥이는 그늘이 흘러내리는 슬레이트 처마 밑에서
컹컹 짖으며
사람 똥도 먹고
마을 어귀에서 흘레도 붙다가
한여름 개장수에게 다리가 꺾인 채로 팔려 나갔다
그 돈으로 육성회비를 내고 공책도 샀다
검둥이는 문풍지처럼 떨며 가부좌를 틀고 떠났다
그 후로 습관성 탈골처럼

어떻게든 꺾인 활자를 읽으면 나는 몹시 아팠다

땀에 전 몸뚱아리와
생존에 밀려 벼랑에서 떨어지지 않기 위해
억세게 버티는 구체적인 내 두 앞발,
팔려 가지 않으려 필사적이던 검둥이를 닮았다

어둠의 흔적은 명료해서 멀리 자작나무 숲 위로
검둥이 다리처럼 잘못 꺾인 달빛이 밤새워 제 몸을 흘리
고 있다

지나간 것들

둥근 것이 좋다는 믿음은
뾰족한 시곗바늘에 찔려 통증을 키우면서 진화한다

익숙한 것들과 자주 부딪히면서
해는 저물고 어둠은 깔리고
가까운 인연과 자주 부대끼면서
날은 가고 한 생은 닳는다

일기는 쓴 즉시 소각할 것
얼음의 환청이 있었다

12월의 찬 것들은
두려움을 모르고 하늘 아래 엎드려 있고
오랜 벗과의 흉터가 생각나는 밤에도
지나간 것들은
더 큰 소음과 무성한 소문을 먹고
입술을 키우며 비대해진다

강가의 문명을 세웠던 노예들 뒤돌아 앉아 물결의 슬픔
에 젖고

거대한 바다 끝없는 갈증에 하늘로 출렁인다
해묵은 것들은 어두운 먼지를 품고 졸고
새로운 것들은 연한 싹으로 현실의 장벽을 넘는다

물구나무비밀결사단에 행동강령이 있었다
황야를 깨우는 초록의 각혈이 있으되
지나간 것들은 임무 결행 후 즉시 거꾸로 매달 것

재두루미

정성으로 몰래 키우던 폐허마저 무너지고
무성한 아파트 단지 그림자에 나포돼
느린 일상에 끌려다니고 있었지요

오토바이부터 트럭까지 타이어가 과속하는
매호천 시지교 밑에
재두루미 두 마리가 이사 와서 사는데

비 내려 어둑한 낮에도
은행잎 지는 저녁나절에도
외다리로 서서
하염없이 물 밑을 응시하는 정지된 화면
혹여 물고기를 입에 넣기도 전에
쥐눈이콩만 한 눈알이 먼저 빠져 떨어질까 조마조마한데,

순도 높은 몰입이 없다면
아무도 차려 주지 않을 밥상
한마디의 위로도 거저 주지 않겠지요

각자의 방식으로 걸어가는 묵묵부답의 길

마음의 물살이 하도 빨라

한 폭 뜨거운 풍경을 화포畵布에 걸기도 전에

행여 모든 낱말이 가슴 꼬투리 열고

가을 콩처럼 튀어 흩어질까 두려워지더군요

한밤중의 꿈이 실제로는

밤은 맹물로 빚은 밀주에 가깝죠
시월 스무날
어렵게 잠이 든 한밤중
뒤엉킨 일들이 덩굴로 자라서
온몸을 휘감던 흐린 필름에서 깨어나
젖은 옷을 벗으며 나를 벗고 싶었습니다
이불을 끌어당겨 덮으며 영영 나를 묻고 싶었습니다
나를 벗을수록 나는 점점 더 두꺼워지고
나를 묻을수록 흙과 자갈은 자꾸만 쓸려 나갔습니다
나를 묻을수록 나는 점점 더 또렷해졌습니다
티눈보다 오래되고 더 단단한 거리는 딴청을 하고,
아스팔트 위 어둠이 물상을 먹고
과식을 토할 때까지 아직 얼마나 남았을까요
꿈속의 꿈에서 꿈 밖의 꿈을 꾸며
꿈의 이삭을 주워 담아 햇빛에 말려 보아도
자고 나면 다시 쭉정이였죠
바지런한 밤이 새벽을 위해 어둠의 옷을 벗듯
악착같이 나를 벗고 싶었습니다
엉킨 감정을 녹여 만든 부드러운 밀주를 마시고
굳어 버린 나의 거리를 거둬들이면

식은 땀이 흐르던 꿈도
깨어났을 때 더 선명해져 있겠지요

꿈꾸는 것을 서툰 고행이라 해도 좋겠습니까

사라짐을 위하여

온전히 자신을 바라보는 것만큼 두려운 일은
피떡이 된 가을날 황혼을 마주하는 일입니까

꽃을 가꾸었으나 풀만 무성한 화원이 자랐겠지요
산줄기의 운명은 바다에 닿아 있었으나
그 골짜기 물줄기의 안목에는 바다가 보이지 않았겠지요
순한 생명들은 눈이 커져서
감정에 북받치는 일이 많았겠지요
일생이란 것,
세상에 취해 한판 쉬어 가기에는 넘쳤던 날들이었겠지요

밟힐 걸 알면서도 돋아나는 여린 싹과
이지러질 걸 전해 듣고도
피어나는 꽃은 얼마나 아름다운 이타주의자입니까
태양에 맞서다 흔적도 없이 사라지는
구름의 활자들은 또 얼마나 자랑스러운 기록입니까
파릇하게 돋아났다 장마에 마음껏 쓸려 가는 풀들은
얼마나 희생적인 분투입니까
은하의 별들이 느리게 깜빡일 때
해진 날들을 꿰매며 돌던 자전을 멈추고

더 이상 숨 쉬지 않는 기백은 또 얼마나 장엄한 용기입니까
어미의 청처진 젖 사막처럼 마르고
아비의 뼈 돌처럼 굳을 때
무르고 연한 흙 속으로 가는 여행은 얼마나 달콤한 귀갓
길입니까

가을의 붉은 인장이 찍힌 이마
백 번의 봄을 다 채우지 못하더라도
한 번의 밤으로 삼라만상을 떠보는, 사람의 길이라면
얼마나 맹렬한 사라짐입니까

붉음에 관하여

붉은 빛깔에 속지 마시라
장미는 빨갱이다 선동이다

사랑을 속삭이던 선홍색 혀와
줄장미 가시에 찔려 흘리던 피
그것은 빨갱이다
충혈된 눈동자도 불 끄러 가던 소방차도
태평양 너른 바다 다랑어도
조심하라 잡히면 모두 다 빨갱이다

가시관을 쓰고 예수가 흘리던 피도 빨갱이다
당근도 좀 덜 물든 빨갱이요
홍등가를 지나던 행인의 옷자락도, 옷자락을 비추던 별
빛도 빨갱이다
네거리 신호등도 멈춤이 되면 빨갱이고
하혈을 하면 빨갱이가 된다

태양도 석양에는 빨갱이가 되고
붉은 필기구는 백지 위에서 사상범의 증거가 된다
헌혈을 하면 빨갱이가 되고

수혈을 하면 더 위험한 빨갱이가 된다

붉은 고추는 곧 빨갱이므로
선홍색 음식은 만들어도 주문해도 먹어도 빨갱이가 되고
피똥을 싸면 벗어날 수 없는 빨갱이가 된다

뜨거운 빗방울은 붉은 꽃잎을 키우고
차거운 눈은 붉은 대지에 내리니
가는 봄 세워 놓고 붉은 찔레꽃 따서 씹으며
피눈물일랑은 흘리지 마시라

오, 참말로 두렵고 무서워라
붉은 외등을 켜 놓고 살아가는 목숨들은
대저, 붉은 것들은,
대! 한! 민! 국! 도대체 붉은 악마여

빨래의 온도

마당귀를 이은 곡선을 따라
줄광대보다 더 확실하게
현실에서 꼬닥꼬닥 말라 가기 위해 거기,
고요를 바치는 힘이 살고 있다

엉덩이 살에 눌려 닳고 초라해진 지갑에게
한 번은 속죄가 필요하던 날
죄를 입었던 바지가 집게에 집혀 펄럭인다
내가 뿌렸던 온갖 허튼 말을 걸치고
비밀을 입었던 속옷이 바지랑대 위에서 흔들린다
봄날은 하염없이 흰 구름 위로 떠다니는데
살덩이가 지녔던 거무튀튀한 욕망들이
먼지를 씻고 빨랫줄 위에서 죄악을 말린다

바람과 햇볕이 천수관음의 손으로 담장을 쓰다듬고 지
나는 한낮
인간사 땡볕처럼 뜨거워서,
몸이 모질게 끓고 있어서, 용서할 수 없는 인연도 바싹
바싹 말라 간다

>

거짓말이어도 좋다,

달콤한 미움에 젖지 않으려 나는 몇 번이나 흥건한 물빨래가 되어

저 아슬아슬한 외줄 위로 올라가 보았던가

펄럭이는 살결이 촌각을 다투며 거대한 바지랑대를 뽑아 올릴 때,

검푸른 산도 아랫도리 탈수를 시작한다

엉겅퀴꽃

만어사 고기 떼가 지느러미를 틀어 산정으로 몰려가면
당신은 혹시 내 생각이 나나요
철갑선처럼 가시로 치장한 엉겅퀴꽃을
가시에 찔리며 핏물이 밴 엉겅퀴꽃을
드릴 것은 엉겅퀴꽃뿐이라
자줏빛 멍이 든 마음을
맨손으로 꺾은 엉겅퀴꽃을
울음소리 숨죽인 엉겅퀴꽃을
눈썹에 맞춰 올려 엉겅퀴꽃을
두 손으로 당신에게 고이 드립니다
마흔 해를 엉겅퀴꽃 피기만 기다리다가
엉겅퀴꽃 발그레한 소리를 내며
별들이 묻힌 지하 묘지를 지나
엉겅퀴 뿌리로 천리만리 걸어 내려가다가
더 깊은 여름 속 엉겅퀴 씨앗으로 스며들었습니다
엉겅퀴꽃을 받아 주세요
늘어진 나의 목이 시원하게 잘렸나요
가쁜 목에서 마지막 숨결에 엉겅퀴꽃이 콸콸 피고 있나요
가녀린 목에서 엉겅퀴 가시가 돋고 있나요
엉겅퀴꽃은 피를 멎게 하고 엉기게 하나요

사랑을 멎게 하고 감정을 엉기게 하나요

엉겅퀴꽃은 도대체 왜 서늘하며 쓰고 얼마쯤 단가요

대관절 싸늘하며 쓰리고 좀 화끈한가요

만어사 돌부처는 왜 비린내를 좋아하나요

팽이

한 놈은 패고 한 놈은 돈다

한 놈은 서서 패고 한 놈은 엎어져서 돈다

패는 놈이 쉬어야 도는 놈도 쉰다

패는 놈은 누구고 도는 놈은 또 누군가

얼음판 위에서만 돌던 놈이

아스팔트 위에서도 돌고 공장에서도 돈다

북쪽에서도 돌고 남쪽에서도 돈다

땅에서도 돌고 물에서도 돈다

돈다 돌아

한 놈은 패고 한 놈은 돈다

한 놈은 무기를 쥐고 한 놈은 맨몸이다

한 놈은 서서 패고 한 놈은 엎어져서 돈다

크레용으로 색칠해 줘야 돌던 놈이

나무로만 돌던 놈이

겨울에만 돌던 놈이

맨살로도 돌고

플라스틱으로도 돌고

봄 여름 가을에도 돈다

뱅글뱅글 어지럽게

쓰러지지 않으려 돈다 돌아

채찍을 맞으며 신음 소리 하나 없이 돈다 돌아

형리처럼 한 놈은 패고 죄수같이 한 놈은 돈다

팽이가 삼킨 신음 위로 알록달록 철모르는 패랭이꽃 핀다

선산 고아 善山 高牙

70년대, 한때
경주로 부산으로 수학여행을 가면
니들 어데서 왔노?
고아국민학교요! 하면
고아원에서 온 줄 알고 초콜릿이며 사탕을 쥐어 주던,
지상의 거대한 바퀴 굴러
내 사람이 처음 나서 맨 나중에 묻힌 곳
동무들이 약초처럼 늙어서 나부끼는 산마을 강마을

사람 좋은 김동화가 사는 이례부터
너른 들에 감자 살구가 맛있는 오로 예강 관심 원동 파
산을 지나
산 너머 실바람 감겨 오는 대망리까지
살가운 지붕들이 착하게 반짝이는 곳

어물전 좌판 갈치 비린내를 풍겨도
누구의 썩은 비늘도 순하게 안아 줄,
박록주 판소리 가락 낙동의 은물결에 감도는 그곳에

달팽이처럼 기어서라도 한번 가 보시렵니까

나날

흙의 뼈를 잡고 놓아주지 않는 들판에
햇살은 식량조차 감당 못할 식구를 자꾸 불리고,

부서진 별의 시신을 안고 가는 한낮의 파리한 달

툰드라의 철새가 먹고 버린 북풍의 온기로
마른 들꽃 무늬가 짓는 하얀 집

바람의 기척에
종루의 목쉰 쇠 종이 파랗게 울고

이생에선 다시 만질 수 없는 나날

산 그림자 수만 리 바다에 머리를 풀고
쇠 종이 우는 동안 바다는 에나멜 구두를 닦아 신는다

시간의 길

더위가 시들면서
작은 연못의 수면은 추돌한 용달차 앞 유리처럼 부서졌다

지운 발자국의 머리맡으로 무수한 발자국이 따라오는 시
간의 어스름
가까운 들판은 기다림을 키운 능선 따라 비척대며 저물
어 갔다

애써 품지 않아도 튼튼하게 자라는 것은
시간이라는 무봉無縫의 뿔
어두운 길 위에도
만질 수 없이 투명하게 쓰고 맞이하는
시간의 주름이 늘어졌다

푸른 날이 서지 않는 시간의 칼을 차고
불안의 운명과 성급히 결혼한 것은 가장 어리석은 일

일생은 시간의 길에 깃들여 사는데,
흔들리며 이 길을 다 걷고 나면
불인不仁의 하늘이 무심히 팔짱을 끼고

오래오래 또 나의 시간을 내려다보고 있을 것인데,
어쩐다?

혼자 걸으며 이런 생각을 하는 것은 내 삶의 서툰 치장
이다

새벽 세 시의 발자국들이

직각에 익숙해질 무렵 오븐의 빵처럼 익어 가는 새벽 세 시
부슬비 발자국들이 어둠을 걸어와 내 앞을 지나가는 동안
하늘은 강철 스프링처럼 팽팽하게 긴장합니다
모란이 자라는 기척을 들으며 다음 행선지를 준비하면서도
폐기된 발자국들을 지워 내느라
새벽은 제법 신경이 곤두서 있습니다
새벽 세 시가 무너지고 쓰러지지 않도록
하루하루를 벌집처럼 정육각형으로 깎아 쌓았으면 좋겠
습니다
서툴렀던 하루를 국밥 그릇처럼 비워 내지 못하면
과거의 빨판들이 몰려와
일출의 수도꼭지를 잠궈 버릴 것입니다
가재도구들도 저마다 일정을 점검하느라
딱딱 소리를 내고 삐걱거립니다
죽고 사는 것 아무 일도 아니라며
은하의 뭇 행성을 걸어 본 늙은 신발이 밤공기를 털어 냅
니다
닳은 양말은 썩은 발톱의 눈을 가리고
하염없이 시간의 관절을 꺾어 불안히 직립보행을 서두릅
니다

젊은 한때 눈부셨던 구두는

갈라진 땅을 다시 걷자고 허공의 습한 입자들을 불러 모읍니다

고요의 무릎이 밤비에 젖으며

부르튼 새벽의 이마에 낯선 지도를 걸어 놓습니다

부지런한 발길들이 가슴속 별자리를 열고

쪼그라든 새벽의 심장을 두드리며

젖은 새벽 세 시를 걸어 나갑니다

혀

곰과 호랑이가 쑥과 마늘을 두고 내기를 한 이후로
저것은 뭘 먹었기에 사철 지치지도 않는다
저것이 아니었다면 간만의 휴일을
갱년기의 주점酒店과 다투지도 않았을 것이다
균형 잡히고 평온한 것들이
저것 때문에 비정상으로 변해 버리기 일쑤
저것이 아니었다면
마음이 들킬 만한 노래를 애써 부르지 않아도 되었을 것이다

저것은 철창 속 여우처럼 상아질 치아의 울안에 숨어
내가 던진 미늘과 부비트랩을 피해 가며
밉살스럽게 까불고 약을 올린다
뭔가를 불온하게 도모하기 위해 어슬렁어슬렁
상아질 성벽 안을 그림자만 남기고 왔다 갔다 한다
닦아도 치아처럼 닳지도 않고 깨물면 아프고
뽑아 버리자니 참을 수도 없겠고,

밤이 깊으면
간간이 상아질 성문이 열리는 틈을 타
청산가리를 놓아 산꿩을 잡던 생각을 되살려

어찌어찌 해 볼까 궁리 중이다

저것을 잘못 건드리면
유행성 독감보다 더 빨리 나쁜 소문을 퍼뜨리고
게걸스럽게 먹고 아무 데나 게워 내니
천년 고찰 묵언수행 선방에라도 가둬야 되겠다
올 겨울엔 메아리도 꽝꽝 얼어 버린 산중으로 귀양을 보내든
신문사 광고국 게시판에 압정으로 깊게 찔러 원 없이 걸어
놓을 참이다

통속한 여름

여름이란 세상에 널리 통하는 풍속이나 습속이어서 아름
답다

햇살의 커튼이 처마를 걷어 올리는 만삭의 아스팔트 내음,
도시의 과육은
통속종합병원의 정성 어린 진단과 처방에도 물먹은 자두
처럼 짓물러 갔다
도시의 처진 눈은
어디쯤에서 만난 통속을 끌어안고 한눈을 팔기도 했고

박꽃에 달빛 쏟아져
자작나무가 하얗게 취한 길을 끌고 오던 밤,
쓰린 공복空腹의 숲을 걸을 때
여름은, 햇살을 삼킨 거대한 입으로 연신 하품을 뱉고

통속의 단단한 경계 안에서는
살은 뼈의 속마음을 눈치채지 못하고,
욱신거리는 빌라촌 불빛에 발이 걸린 별의 군락지가 기우
뚱하는데
그 틈으로 여름의 치마 속을 힐끔거리는 축축한 눈초리들

널리 통하는 습속은 그런 것인가

털어놓자면, 통속을 처음 만난 것은
시외버스 차창에서 킬킬거리던 선데이 서울에서였을 것이다

기다림

뜨거운 포옹으로
우듬지 키우는 느티 아래

경건히 두 손 포개 얹고
숨도 멈춘 채

한 백 년 당신의 익은 이마에
내 더운 가슴 내주면

먼지 앉은 당신의 은비늘 강
바짓단 풀고 넘실대며 닥쳐오길
천 리 밖에서 기다려 보겠습니다

쓸쓸한 몸 안에도 몇 됫박의 붉은 피가 출렁였지

쓸쓸한 몸 안에도
몇 됫박의 붉은 피가 출렁였지

방황하는 교차로에서 충돌하는 경적음
깜짝깜짝 놀라기만 할 뿐
날마다 살아 본 적 없이 살았고,

여생의 가벼운 주머니
남은 지폐를 한꺼번에 다 써 버릴까
노름판처럼 치열하게
목숨처럼 비열하게

회생을 기다리는 봄날은
현기증 일으키는 노릿한 오렌지 맛이 났지

거울 속에 살다 가는 봄
유성기 스피커 같은 꽃이 피어
어떤 날은, 가연성可燃性의 하얀 웃음이 필요했지

시력視力, 또는 바코드

새벽에 널 안아 주고 오길 잘했다
거친 열대의 밤이 흘러갔다는 것을
내 몸에 무수히 박힌 숨구멍의 눈들이 모두 목격했다

오후의 깃발을 구청 공무원이 거둬 갔는지
바코드의 바람은 물컹해졌다
최신 가요와 술병이 나사처럼 조여진 유흥가의 흥취는
밝아 왔고
무연분묘의 헝클어진 떗장처럼 네온사인이 뒷골목에 투
숙했다
꿈이 없어 음악이나 하고 싶다고
노래방 주인은 흥얼거리며 빈 맥주병 박스를 쌓는다

경계 밖에선 누구나 무모함의 주먹을 쥐고 흔들었으나,
간절함이 사라진 거리에 이내 세금이 매겨지고
감시 카메라의 눈알이 불거졌다

첨벙대던 약속들, 그 불발의 결과물이 모여서
바코드 숲이 바람에 나부꼈다
애초에 약속 같은 건 없었고,

때 묻은 절망이 희망을 곁눈질하는 사이
　노래가 없었다면 벙어리나 될 듯이 벽마다 악보가 떠다녔다

　안경알에 담긴 미소를
　오래 못 보거나 자세히 보지 못하는 것은 포유류의 잘못
이 아니다
　겁먹은 지문이 통장 잔고에서 미끄러질 때마다
　손톱에는 생계형 바코드가 찍혔으니까
　퉁퉁 불어 터진 라면발같이 광통신의 약속은 느렸고
　저녁의 어깨에 밤이 무겁게 내려앉았다
　정신이 또렷해지는 쇼팽의 녹턴이 안방을 유턴했다
　어둠 속에서 낯선 어둠이 저벅거리며 걸어 나와 열대야를
순찰 중이었다

　간직하던 꿈은 얼마짜리였는지
　시간의 유속과 절대성은 오로지 너는 별것 아니라는 자각
으로 내몰고,
　맨살을 타고 바코드에 저무는 희미한 안개 지역으로
　다신 걸어선 안 되겠지

제4부

고양이 꼬리부터 오던

나의 숭배는 아라비아의 천 개 계단보다 높고 가팔랐죠
따스하고 살가운 날이 올 거라는 소문의 수액을 빨아올리며
밤낮으로 숨이 가빴죠

쓸쓸함은 이방인의 종교처럼 남았죠
봄이 가까웠다는 기별은 멀기만 했죠
정전된 꽃밭 같았죠

기다리는 일은 대부분 무거운 허사였으나
새벽 언덕을 넘어 고양이 꼬리부터 오던 봄이 있었죠
짧은 봄날은 허리를 곧추세우고 지상의 변두리를 비추었죠
순식간에 미지의 무대를 적시며
도망간 여자가 벗어 놓은 속옷처럼
한 생애의 빈방마다 흘러들었죠

맛

냉혹보다 차고 단단한 한철 앞에서
내가 가진 자랑과 보람이
아무것도 아닌 것이 되었을 때
겨울은 이제 슬슬 맛을 내기 시작했습니다

몇 년을 묵혀야 장도 제맛이 나듯
한 서른 해는 지나야
사람도 겨우 제맛을 내기 시작했습니다

나체의 거울 앞에서
겨울 맛과 사람 맛은 얼추 비슷했습니다

그 이전은 헛것에 사로잡혀 떠돌아다닌
살풍경에 지나지 않았습니다

겨울 된장국을 끓이며
외로움을 자부심으로 차가운 몸을 달래며 새끼를 길러 낸
상처투성이 늙은 인어 떼를 응시하기 시작했습니다
눈물이 헐값에
나를 검지로 찍어 맛을 보았습니다

꽃은 어떤 꽃이든 다 아름답죠

꽃은 어떤 꽃이든 다 아름답죠

꽃은 바람의 거대한 눈물이 응축되어 피어나는 사초史草죠

먼 바닷길을 돌아온 여행자들이 감탄하는 유럽의 문명과 아름다운 건축물들,

그들이 누리는 영화는 식민지의 고통과 눈물로 만들어진 꽃이죠

아프리카 콩고민주공화국은 베를린 협약으로 1885년 벨기에 레오폴드 2세의 개인 식민지가 되는데요 1890년부터 콩고민주공화국에서 생산되기 시작한 고무 덕분에 브뤼셀의 현란한 도시를 만들었죠 고무 생산으로 돈을 짜내기 위해 벨기에는 고무 수액 채취 할당량을 높여 갔고 할당량을 채우지 못하면 아이까지도 손목을 잘랐죠 그래도 안 되면 목을 베 죽이고 높은 곳에 걸어 두었죠 그렇게 십수 년 동안 2천만 명 중 1천1백5십만 명이 죽어 나갔죠 지구 반대편에서 더러운 학살이 있었죠

브뤼셀은 콩고민주공화국민들의 잘린 손목으로 만들어졌죠 여행자들이 선글라스를 끼고 사진기 셔터를 눌러대는 사이, 브뤼셀의 수도꼭지를 틀면 아프리카 고무 수액이 묻은 잘린 손목의 피가 쏟아져 나오죠

꽃은 어떤 꽃이든 다 아름답다고 생각하죠

꽃은 어떤 꽃이든 다 아름답죠
일본 교토 히가시야마구에는 귀 무덤으로 잘못 알려진 코 무덤이 있죠 코 무덤에는 조선인 12만 6천명 분의 코가 묻혀 있죠 조선을 침략한 도요토미 히데요시는 조선인들을 죽여 그 머리를 소금에 절여 오라 했는데 머리는 너무 무거워 대신 코를 모으게 되었다죠 일본군은 조선군과 백성을 죽여 코를 베었죠 조선인의 코를 베어 일본에 보내면 도요토미 히데요시는 코 영수증을 써 줬다죠 코 숫자를 센 뒤 장수들에게 감사장을 써 보냈다죠 그러고도 모자라 일본 전국을 돌게 한 뒤에야 교토에 묻었다죠
지금도 일본 교토에 코 무덤이 비를 맞으며 있죠
교토는 베어 간 조선인의 코로 만들어졌죠
교토에 가면, 당신은 시퍼런 칼날이 지나간 조선인의 아픈 코로 숨을 쉬게 되죠
꽃은 어떤 꽃이든 다 아름답다고 생각하죠

꽃은 어떤 꽃이든 다 아름답죠

잘린 손목으로 악보를 그리고 구슬픈 노래를 만들죠

베인 코로 콧노래를 부르죠

무섭지 않도록 말이죠

꽃은 어떤 꽃이든 다 아름답다고 생각하죠

스크린 경마장

여기서 쓰러져 죽겠어!

나의 말(言)은 너의 말(馬)이 아니다
너의 말(馬)은 나의 말(言)이 아니다

영원히 시들어 가면서
단 한 번도 죽지 못하는
뛰어난 너의 말(言)
뛰어도 나의 말(馬)

말 마
아무 말도 하지 마

너의 말(言)과 나의 말(馬)을 합쳐
내 발을 포획한 노란 직조의 양-말-(洋-襪-)
두 발을 동동 구르며, 그러나,
틀림없이 고린내 나는 나의 말
보여 주진 않겠어!

살과 피를 훌훌 털어 버리고

멸치젓갈처럼 삭은 **뼈**만으로 바람 속을 달리던

뛰어난 나의 말(言)

뛰어도 너의 말(馬)

여기서 쓰러져 죽겠어!

횡재

별거 아닌 일로
아내와 다투고
불편해 각방을 쓰게 된 날,

몰래 옛날 연인 꿈을 꾸었습니다

아내에게 들킬까 조마조마하며
안아도 보고 맨살결을 느껴도 보고
두근거리며 잘 놀다 돌아오는데

부엌이 달그락거리는 소리,

아내가 맛을 내 끓인
시래깃국에 따신밥을 말아 아침을 먹으면서
표준어라며 굳이 쓰레깃국이라고
애써 서울 발음을 하던
털북숭이 촌 노인이 확, 떠올랐습니다

방패연

차가운 날이어서
바람이 더 잘 분다

아들과 아버지
흰 눈 내려 쌓인 들판으로 나가
연을 날린다

아버지는 얼레를 꽉 잡고 있으나
아들은 찬바람을 타고서
까만 점이 될 때까지
하늘 높이 차오른다

세상 위로 떠오른 인연은 먹먹한 것이어서
두 마음은 먼 점이 되어
서로의 가슴팍을 헤집고 들어가곤 하는데,
반달처럼 휘어진 명주실이 위태위태
노을에 붉어진 그림자 둘을 이어 주고 있다

보름

달을 보고
자주 치성을 드리던 엄마와
그 달 보고
줄담배 태우던 아부지는
살아생전 목숨 줄이던
너 마지기 전답을 물려주셨다
온갖 상처와 모욕을 둥근 얼굴 안에
가둔 환한 감옥이
통통 부은
엄마 아부지 몸뚱아리 싣고
이리저리
모난 하늘을 굴러다녔다

하얀 이마

아내의 백한 살 잡수신
할머니께서 깊은 숨 몇 번 몰아쉬더니
창백한 저녁노을 위로
비둘기 깃털 같은 체온을 툭툭 떨구셨다
헤어짐은 어떤 기도보다 고요하고 평화로웠다
먼 메아리로 되돌아오는 육친의 울음바다 위를
미풍에 한가로이 떠다니시는 듯
하얀 이마에서는
가냘픈 새들이 일제히 날아올랐다

떠밀려 내려온 청상의 길

발인 운구를 도우며
일생의 무게를 가늠해 보았다
친족의 검은 옷들이 퉁퉁 부어 있었고

누구도 죽음이 무섭지 않도록
마지막 숨결조차 흩트리지 않으신
무거운 유산이 거기 있었다

벼랑 끝

벼랑을 나는 새는 보았네
암벽에 걸린 목탁 소리
백척간두 진일보

아메리카 인디언이 몰살당한 계곡의 창공을 나는 새
거대한 날개의 양력으로
우주의 피안으로 가려는 디스커버리 검은 독수리
아이스크림처럼 녹아내릴 이카루스의 날개를 달고

우리는 본디 벼랑의 날개에 집을 짓고
벼랑의 몸통에다 가정을 꾸리고
마지막엔 벼랑 끝에 올라가
스스로 눈먼 새가 되어
한 번의 비행으로 천지간을 건너는 디스커버리 미스터리

벼랑 멀리 아득한 쪽빛 바다
심해의 시간 건져 올리는 파도의 그물

한 걸음 더 내딛어 볼까 백척간두 진일보 디스커버리
우리의 더운 밥주발에는

상냥한 웃음으로 부드러운 손길로 미스터리

벼랑 끝으로 초대하는 로렐라이의 요정들이 요리되어 있었네

그래도 한 입만 더

백척간두 진일보 디스커버리 미스터리, 쩝쩝

귀향

오로지 한 생애만을 위해 기도한다
정강이뼈가 부러진 생애를 기억한다,
튼튼한 자궁이 없는 생애는
더 이상 전도양양의 사립문에 금줄을 치지 않는다
가마솥 달구던 장작을 빼낸 솥처럼
내가 죽으면 나의 영혼은
쫓기듯 육신으로부터 한 생애를 마감할 것이다
부질없음과 무상함과,
덧없음과 어이없음을, 식탁 가득 요란하게 차려 놓고서
혼자서 포크로 포클레인처럼 정리할 것이다
이번 생애에는
설거지 마감 시간을 잘 맞춰야 한다

매화꽃이 노후 트럭 매연 같은 향기를 뿜으며
그믐밤 아파트 단지 가득 피어나는데
시원始原의 허공으로
가임의 자궁을 분양받으러 가는 길은
지름길이었던가
혹, 갈림길이었던가

>
고향으로 돌아가려던 몇 번의 시도는
짓눌린 생애를 짜낸 묽은 여드름이었다
찍 하고 터져서 히죽거리며 나를 바라보던,
척 하고 거울에 달라붙어 잡귀처럼 따라오던,

?

용을 쓰던 괴한이
시원하게 똥 한 덩이 누고 있다
눈물 한 방울 뚝 떨구고 있다

대갈통이
대단찮은 한 생각을 찔끔 낳고 있다

사람이 되고 싶은 여우의 눈물
내가 지닌 전 재산

지팡이를 짚고서라도
대답으로 걸어가고 싶다
가분수라 자꾸 넘어지고 싶다
나를 버린 한 생애에게로
한 꽃에게로
한 음악에게로

물음표가 물음표를 믿지 못하는 의문의 고리, 갈고리
문명의 두꺼운 문을 노크하고
대답을 기다리며

미늘의 시간을 견뎌 내고 싶은 미래

너에게는

나병처럼 뚝뚝 부러뜨리고 싶은 갈망의 손마디가 많다

야금야금

죽었다 깨어나도 눈치챌 수 없도록
조금씩 조금씩
아주 조금씩 갉아먹었지
야금야금,
도둑고양이처럼 요가 자세로
등을 낮추고 파고들었지

갉아먹혔지
눈치채지 못하고
조금씩 조금씩
아주 조금씩 겨울이 봄 이빨에 갉아먹히듯
야금야금,

칠흑의 어둠 속에 세상이 너를 갉아먹었고
너도 세상을 갉아먹었지
두려움을 숨긴 채 불안한 박쥐 눈을 하고
세상을 두리번거렸지
어떤 의도를 감추고서 세상이 또 너를 두리번거렸지
세상에 걸려 넘어질 때도
세상이 자빠질 때도

야금야금,

천장의 박쥐처럼 사각사각

내 밤을 하얗게 갉아먹으며

조금씩 조금씩

아주 조금씩 남국의 내 등대를 무너뜨렸지

통점을 잃어버린 나는 더 이상 낙화가 아프지 않다

붉은 실루엣을 걸친 이별은 슬픔의 몫
아득한 헤어짐을 위하여
이별에게
슬픔의 보따리를 안겨 떠나보내지 않기 위하여,
이제는 하관처럼 분명한 사건
통점을 잃어버린 나는 더 이상 낙화가 아프지 않다

한 생애의 품격을 정하는 것은 쓸쓸함의 강도에 있겠으나
먹고사는 것 자체가 예술이라던
장사치의 푸념이 더 미더운 시간

복수초를 달여 장복하면 말기암도 낫는다는 헛도는 소문과
흑단 같은 용 문신으로도 가려지지 않던 나약한 흉터,
상상을 믿어야만 신의 얼굴이 보인다던 종교의 힘
무엇이라도 잡고 싶었던 절박한 손

초정밀 과학으로 몸단장을 하고
초자연적 미신으로 머리단장을 하고 늘어선
인텔리전트빌딩의 거리에서 흔들리던 현생의 가벼움
생명 부지의 판단은 목구멍의 몫,

기록의 단추를 채우고
경건함의 각도로 고개를 떨구고
조금씩 굽어 가는 삶의 정조,
우연히 마주쳤다가 화들짝 놀라 삶은 홍합처럼 벌어지
던 환각쟁이 입술
내 삶은 당신이 버리고 떠났다

최대치의 슬픔을 뽑아내는 새벽의 비린내에 목이 메고
슬픔은 조작된 이별의 장치였음을 이미 알고 있었지만
세월은 눈치가 없고
시간은 쉴 틈이 없고
아무 상처도 없었던 듯
살아 본 기억도 없이 또 하루를 끌고 간다

투명한 문

닫을 수도 열 수도 있는 투명한 문을 지나
일어나지 않는 사람을 깨우러 가는 길
벽이 없는 문을 지나
풀벌레 울음이 여름의 얼굴을 훔쳐 달아나는 노을 너머로
벽이 없는 문을 열고

문을 두드려도 일어나지 않는 육체,
깨어 있으라고 푸른 멍이 들도록 흠씬 나를 두드렸던 사
람인가
아픈 배를 끌고 뻘뻘 땀을 흘리며 나를 낳았던 여자인가
문밖의 고통을 알려 주려 내 유전자를 받아 분화한 짐승인가
햇살을 면발로 뽑아 늦은 끼니를 들어도
퀭한 골목이 버린 바람만 연신 내보내 올 뿐,
일어나지 않는 널따란 판자 같은 모로 누운 넓은 등짝 같은
저것은 사람인가 아닌가를 깨우러 가는 길

문을 열면 문에 갇히고
거미줄처럼 연이어 빠져나오는 문 안의 문
문설주에 잎이 돋고 꽃이 피는 깊은 잠
너무 많이 누린 잠

나는 문 앞에 당도하기도 전에 문을 잃어버리고
잠든 뒤태만이 살아 있는 유일한 단서,
잠꼬대도 없이
잘 다녀왔냐는 인사도 없이
벽이 없는 문 안에서 내 세월을 앗아 가는,
아직도 누군지 모른 채
일어나지 않는 그를 깨우러 가는 길

산뜻한 몸

내가 죽은 지 한 삼 년,
폐선처럼 출항을 멈추고
말을 멈추고
욕망을 멈추고 나는 죽었는데
공포영화 영사기 필름이 돌아가듯 계속 자라는 게 있다

몸뚱이를 비끄러맨 삼베옷 조각 틈새로
언 땅을 뚫고 싹이 몸통을 틔우듯 자라는 게 있다
가려움과 유행 스타일을 제쳐 두고
미라의 붕대를 헤집고
꼬물꼬물 쉬지 않고 자라는 게 있다

벌써 사망진단서를 받고
사망신고까지 마쳤는데
식음을 전폐하고 울음까지 윗목에 밀쳐놓았는데
침대 밑으로 탁한 액체가 고여 나오듯 자라는 게 있다

언제나 닥쳐오는 최후
늘 여럿이었던 나
너무 많은 나로부터 외롭고 고립됐던 나

세상의 뜬소문으로부터 청결해지기 위해
죽기 전의 나는
가지런히 손톱을 깎고
휘파람을 불며 이발관을 다녀오고
입술의 경계로 사료를 밀어 넣고
꺼져 가는 욕망의 심지에 불꽃을 돋워 주면서
즐거이 내 죽음의 장래를 사육했다

이별에게 물어봐
글쎄,
감정이 드러나지 않는 봉분 같은 얼굴 하나 만드려다
내가 죽은 지 한참 지났다니까

자충수

마지막 기회인가요
몇십 년, 아니 몇 세대를 기다려 왔는지 모릅니다
시대를 뛰어넘어 유전자만으로 전해진 숙제,
존재의 이유라도 밝혀 보려던 참입니까
손아귀에 힘을 주어 칼을 잡습니다
눈부시게 빛나며 푸른 정적이 감돕니다
호흡도 없는 물아일체의 순간
별들도 운행을 멈추고 지켜봅니다
세상엔 오직 칼 한 자루뿐이군요
그런데 어쩌죠
칼 쥔 손이 봉숭아꽃물로 흥건하군요
손잡이에도 시퍼렇게 날이 서 있었던 거죠

세상의 모호한 말들이 서로 뒤엉켰으면 좋겠어요
누구를 위해서, 라든지 사랑하기 때문에, 라는 말들이요
무엇이건 찌르라고 존재하는 말이니
자기 눈을 찔렀으면 좋겠어요

지금은 폐역처럼 멈춰 선 사이키델릭 문명 재벌인 그녀에게
자충수를 두러 가는 길입니다

그녀도 결심하겠죠

당신 따위 나를 통과하도록 내버려 두진 않겠어요

코스모스

바람이 제 귀를 뜯어 먹으며 자라는 동안
당신의 얼굴은 정확히 여덟 조각으로 깨져서 피었지

직선의 플레이보이 낙엽송보다는
여리고 푸른 대궁의 민낯으로 용마루를 하고
서까래를 이고 문틀을 짜
하늘거리는 집을 짓는다면
당신은 처진 눈을 하고 늙어서 돌아오겠지

한생을 물들이며 뽑아 올린 관정의 맑은 물 같은 꽃잎이
쨍그렁 다 깨져 부서질 때까지
나도 당신도 여기를 떠나지 않는다면
최초의 흉터인 배꼽의 문을 비벼대며
성큼 오늘을 닫아도 좋겠지

비밀의 누설로 외로워지는 것은
언제나 가슴이 더 뜨거운 쪽
당신은 이미 알고 있었고

담장 아래 줄지어 팔짱을 끼고 깔깔거리던 날은 사라지고

쩌억, 가랑이를 벌리고 누운 고통의 꿈이 아직 남아

　　무르고 연한 흔들림으로 얻은 아무짝에도 쓸모없는 우
주의 파편

　　공원 그네처럼 흔들리며 바싹바싹 말라 가고

언어로 해결되지 않는 사건과 사물

무도복을 걸친 드미트리 쇼스타코비치의 두 번째 왈츠가
부드러운 저녁 햇빛으로 반지하 방 허리를 감고 빙글빙
글 돌았다
어둠은 최루가스보다 낮게 빨리 퍼져 눈시울을 뜨겁게 만
들었다

나는 부름켜 없이 느리게 말라 가는 몸을 뒤척이다
진공의 휴양지가 된 반지하 방에 어둠과 빛을 초대했다
눅눅하고 쿰쿰한 방바닥에서 주운 포도주를 따라 마시며
심각한 표정의 토론을 하였다
모든 문답은 구겨졌고 뇌에서 시작해 혀에서 종점을 맞았다

미끄러운 변명, 나사 빠진 미안, 텅 빈 미래, 흩어진 가
족, 언제 한번 밥이나 먹자는 약속, 천대받는 소망, 능금빛
사과, 습관성 후회, 뱀눈의 양심, 찌꺼기로 거른 현재, 그리
고 난독의 유언장
새의 깃털에 관한 명상,
갈증의 바다와 연결된 사후 세계,
가슴과 머리의 상관관계, 망각과 식탐,
옷 솔기의 안과 밖,

옛날 소인이 찍힌 지금의 아내가 아닌 여자가 보낸 편지,
종교와 미신의 대화,
저울 위 거룩함과 비루함의 균형,
그리움과 기다림의 교집합,
사랑의 경제적 감정, 칼날 위의 자유,
상실의 고통 혹은 고통의 상실,
들을 수 없는 음악, 선글라스 낀 연민과 햇빛의 정체,
오백 원짜리 동전에 반사되는 배고픔,
과학적 하늘에 대한 예의,
총칼로 직조한 멍 든 평화,
그리고 우주와의 이별
나머지, 후 불면 사라질 듯한 완벽, 깨달음

혀는 미각의 공장 또는 무의미의 하인
이오시프 이바노비치가 다뉴브강의 잔물결을 타고 죽음
의 찬가를 부르는 저녁
어둠이 최루가스를 뿌리며 눈시울을 할퀴었다

목마름에 죽어 가는 제라늄이

마른 화분에서 붉은 제라늄꽃이 피기는 처음이다

사랑하지 않기 위하여
너를 사랑하지 않기 위하여 산다
산다, 나는 오늘도
저녁 해도 혀를 빼문 팔월의 절정
솟구치듯 바닥으로 주저앉아
네게로 돌아가는 길을 잊기 위하여
네 향긋한 뼈를 빚갈이로 돌려받고
군내 나는 내 뼈를 사랑하기 위하여
창세기의 더운 맨살을 껴안기 위하여
나는 오늘도 땀에 절어 산다

오지 않는 사람과 말라 가는 지갑을 사랑하기 위하여
너를 사랑하지 않기 위하여 산다
산다 땀과 눈물을 뜯기며 나는 오늘도

세금 고지서를 뿌리고 가는 우체부를 만나지 않기 위하여
그대라는 바람잡이에게
가슴에서 마음으로 이르는 길을 더는 터 주지 않기 위하여

\>

창밖 물보라 장마를 치욕인 양 뜬눈으로 견뎌 가면서

목마름에 죽어 가는 제라늄이

절명의 붉은 눈물을 피워 올리기는 정말이지, 처음이다

블루, 블루 오션 청춘

빛을 탕진한 그늘은 끝내 어둠이 되지 못하고 살았다
어둠의 고관대작들은 그늘의 안쪽에서 바지를 내리고
몸의 균형추를 버린 채 술을 마시고 노래를 불러댔다

태어나기 전의 삶을 기억하는 그늘이 노숙을 했고
그늘을 폭식한 날은 목구멍까지 어둠이 푹푹 쌓여
검은 하품이 쪽방촌을 가득 채웠다
눈동자까지 그늘이 내려 눈을 껌뻑일 때마다
어둠이 한 움큼씩 뭉텅이로 빠져서 무릎에 떨어졌다
허기는 추악한 풍습일 뿐이라 생각하면 쉽게 잠이 들었다

슬픈 노래는 잊으려 해도 티눈처럼 가슴에 박혀
자꾸 눈물 밖으로 삐져나왔다
몇 날 밤을 졸음을 쫓으며 슬픔을 건넌 속눈썹에 달그림
자 대신
그렁그렁한 눈물의 웅덩이가 생겼다가 말랐다
눈물에도 거품이 생기는 것은
장거리 순롓길에 입가에 빼물었던 마른 혀처럼
아직 사람의 마을이 멀었다는 뜻이었다
절망의 눈물을 먹고 사는 더듬이가 광대뼈에서 자라나

기 시작했을 무렵

　은물결로 부서져 어둠 속으로 달아나던 꿈밖의 꿈

　오체투지의 여름 그늘에 앉으면 언제나 겨울이 밀려와

　푸른 날들은 골절된 의자처럼 자꾸 비틀거렸다

　검은 비닐봉지에 싸인 갑갑한 날들

　나의 추락 곁으로 누가 태어나고 또 누가 삶을 거둬들였다

　침묵이 강제되는 복면의 거리를 지나면

　영원이란 짐짓 지어낸 컬러풀한 청춘의 얘기에 지나지
않았다

콩국수

일 나가는 사내에게
두툼한 가방 하나 안겨 줍니다

물가가 다락같이 올라도
육천 원이면 사 먹는 콩국순데

한밤이 이슥하도록
불린 콩을 갈아,

어쩌다 이런 여자를 만났나 싶기도 하고
콩국수를 먹는 내가 자랑스러워지기도 하였습니다

양파 풋고추를 썰어 된장 옆에 가지런히 채우고
삼단같이 오이채를 썰고
삶은 달걀도 횡단보도처럼 반쪽으로 갈라
고명으로 다른 비닐봉지에 싸 놓았습니다

저녁 개수대에 빈 그릇을 내놓을 때
없는 말이라도 건네 보려 생각을 하지만
걱정 없는 동화 같은 살가운 웃음만 같이 담을 요량입니다

\>

아찔한 일은

묵은 옷을 모두 태운 산기슭의 여자가 간혹 잊히기도 하더라는 것입니다

해 설

풍요로운 서정성과 현실 의식

김용락(시인)

1

강시현 시인을 생각하면 조선시대 '선비'가 먼저 떠오른다. 21세기 AI 시대에 무슨 복고풍이냐 하는 독자도 있겠지만, 강 시인의 단정하고 매사 예의범절이 반듯한, 그러면서도 강직한 이미지가 천생 조선시대의 선비 이미지를 떠올리게 한다. 선비 하면 예로부터 지조, 강직, 청렴, 검박하면서 학문에 진심을 다하는, 현대적으로 말하자면 지식인 이미지와 겹친다는 것은 주지하는 바인데, 내가 보아 온 강시현 시인의 이미지와 겹치는 부분이 많다.

강 시인에 대해 이런 이미지를 갖게 된 것은 내가 수년 전 대구경북작가회의 대표일 때 신입 회원으로 가입해 지금까지 여러 해 만나 오면서 요즘 사람 같지 않은 그런 인성과 기품을 느꼈기 때문이다. 게다가 그는 고향이 경북 선산으로 중학교까지는 고향에서 보내고 대구로 유학 와서 고등학교와 경북대 정치외교학과를 졸업한, 시인에게는 보기 드문 대학 전공을 갖고 '불의 시대' 80년대를 거쳐 왔다.

선산은 조선 성리학의 발원지에 해당한다. 여말선초의 야은 길재에서부터 강호 김숙자, 점필재 김종직, 김굉필, 김일손, 정여창 등으로 이어진 영남 사림파의 학맥은 조선 초기 한국 사상사의 한 맥을 장식한 바 있다. 그 발원지가 바로 경상북도 선산이다. 그래서 일찍이 '조선 인재의 절반은 영남에 있고, 영남 인재의 절반은 일선一善에 있다'(조선 전기)거나 안동 예안 출신의 퇴계 이황(1501~1570)의 등장 이후에는 '조선 인재 절반은 영남에 있고, 영남 인재의 절반이 안동安東에 있다'(조선 후기)는 말이 횡행한 것으로 알고 있다. 여기서 '일선'은 경북 '선산善山'으로 1995년 1월 1일 자로 경북 구미시로 통합되었다. 그 선산이 강시현 시인의 고향이다. 대구 · 경북 지역 사람들은 선산이라는 지명에 대해 묘한 향수 같은 걸 갖고 있다. 지금은 없어져서 더욱 그런지 모르겠다.

인간은 사회적 동물이라고 한다. 이때 사회는 시간과 공간을 포괄하는 개념이다. 인간은 그 당대의 시간과 공간이 주는 영향력과 제약에 따라 정체성이 형성된다는 의미이다. 여기서 시간, 즉 시대 개념은 변화무쌍하고 활력이 넘쳐 인간의 형성에 절대적인 영향을 끼치지만 상대적으로 공간의 개념은 별 변화가 없는, 다시 말해 지금까지는 죽은 공간 같은 개념으로 여겨져 왔다. 그러나 20세기 후반에 들면서 공간의 중요성이 적극 부각되었다. 인간은 그 시간적 배경 못지않게 공간적 배경에 크게 좌우된다는 것이다. 이것이 '인간주의 지리학' '공간정치경제학'이다. 기존 물리적, 기하학적 공간개념에 기초한 것이 실증적 지리학인 데 비해 공간이 주는 배경이나 철학적 영향을 중요하게 생각하고, 자본주의적 상품, 노동관계 영향을 중시하는 게 인간주의 지리학과 공간정치경제학인 것이다.

이런 관점에서 보면 한 인간이 태어나고 성장한 유년의 고향은 그 사람의 정신의 기본적인 틀을 형성해 준다고 해도 과언이 아니다. 농촌에서 태어나 유년을 보낸 사람과 도시에서 태어나 성장한 사람의 기본 멘탈에는 차이가 있을 수밖에 없다. 이건 내가 나이 들어 갈수록 더 크게 느끼는 어떤 경향이다. 가령 나의 경우, 안동문화권인 경북 의성에서 태어나 성장하고 초등학교와 중학교를 안동시에서 졸업한 후 지금까지 쭉 대구에서 살고 있는데, 실리보다는 명분에 집착하고 장유유서와 같은 위계 의식, 남을 가르치려고 드는 꼰대 정신 같은 유교적 잔재가 환갑을 지난 지금까지도 내 의식과 내면의 잔재로 남아 있다는 것을 느낄 때가 많다.

대학을 대구에서 졸업하고 40년을 쭉 대구에 살아 오면서 정치적으로나 문화적으로 '보수의 심장'이라 불리는 획일화된 대구 특유의 어떤 분위기가 그에 순응하든 혹은 그에 저항하든 나를 어떤 폐쇄된 정신이나 행동의 막다른 골

목으로 몰아가고 있다는 것을 느낄 때가 많다. 폭넓게 개방
되고 자유로운 정신을 갖기보다 저항하고 정신을 극단으로
몰고 가면서 살았다는 자각 같은 게 최근에 많이 생긴다. 최
근 서울에서 4년을 살고 난 후에는 이런 생각이 더 커졌다.

　이런 의미로 강시현 시인에게 선산이라는 공간이 유·무
형으로 그의 시정신에 끼쳐 온 영향력에 대해 생각해 보는
것이다. 그가 태어나서 성장하면서 형성한 어떤 정신적 분
위기, 부모님이 고향에서 생업에 종사하면서 체득한 풍속
이나 전통 정신이 강 시인에게 영향을 끼치지 않았다고 단
언하기는 쉽지 않을 것이다. 그렇다고 나는 단순히 환경결
정론을 주장하는 것은 아니다.

　강시현 시인은 경북대 재학 때 '복현문우회'라는 문학 동
아리에서 활동했다. 줄여서 '복문'이라고 부르는 이 대학 동
아리는 80년대 한국의 대표적인 민중 시인인 배창환 시인과
정대호 시인을 비롯해 주목할 만한 많은 문인들을 배출했
다. 그리고 경북대 정치외교학과에는 노무현 정부 청와대
시민수석을 지낸 민주화 운동가 이강철 선생을 비롯한 많은
민주주의자를 배출했다. 이런 주변 환경이 같은 공간을 공
유했던 그의 문학에 과연 어떻게 스며들었고, 그의 내면적
성장에 어떤 영향을 주었는지 그의 작품에 드러날 것이다.
이제 그의 작품을 보자.

강시현의 두 번째 시집 『대서 즈음』 원고를 읽고 좀 놀랐다. 밖으로 과묵하고 말이 없는 모습에 비해 시는 다변多辯이었다. 평소 강 시인의 겉으로 드러난 행동이 단아하고 절제된 데 비해 내면의 시적 에너지는 혼돈스럽고 뜨겁게 끓어 넘치듯 강렬했다. 이런 마음의 상태가 시로 고스란히 문면화돼 있다. 어떻게 보면 잘 정제된 외양이 격렬한 혼돈의 내면을 불러온 것인지도 모르겠다. 이런 현상은 앞서 이야기한 바 있지만 선산善山이라는 성리학의 도시가 무형으로 주는 예의범절과 외부의 그것에 억압받은 문학적 내면이 서로 다른 양태를 빚어낸 게 아닌가 생각할 수도 있다.

농사로 치자면 넓고 비옥한 대지에 여러 종류의 곡식이 제각기의 모습과 빛깔로 풍성하게 자라고 있는 듯한 모습이었다. 활기차고 다양한 언어의 향연이 독자들의 입맛을 유혹했다. 이건 이 시집의 긍정적인 측면이다. 다른 면에서 보면 품종이 일목요연하게 정리돼 필요한 곡식만 생산하는 게 아니라 많은 작물이 혼종돼 있어서 이 문학적 대지의 주재배 곡물이 무엇인지 판단하기 힘들게 했다. 이건 장점이자 단점일 수도 있겠다. 다양함은 장점이지만, 시집의 브랜드를 특정하기 어렵다는 한계도 있을 듯하다.

70년대, 한때
경주로 부산으로 수학여행을 가면

니들 어데서 왔노?

고아국민학교요! 하면

고아원에서 온 줄 알고 초콜릿이며 사탕을 쥐어 주던,

지상의 거대한 바퀴 굴러

내 사람이 처음 나서 맨 나중에 묻힌 곳

동무들이 약초처럼 늙어서 나부끼는 산마을 강마을

사람 좋은 김동화가 사는 이례부터

너른 들에 감자 살구가 맛있는 오로 예강 관심 원동 파

산을 지나

산 너머 실바람 감겨 오는 대망리까지

살가운 지붕들이 착하게 반짝이는 곳

            —「선산 고아善山 高牙」 부분

시인의 고향인 선산군 고아면의 풍정이 따뜻하게 녹아 있
는 시이다. '고아'라는 단어가 가져다주는 음가音價로 인해
빚어진 촌극을 재미있게 그리고 있다. 그곳은 "내 사람이 처
음 나서 맨 나중에 묻힌 곳/ 동무들이 약초처럼 늙어서 나부
끼는 산마을 강마을"이며 "살가운 지붕들이 착하게 반짝이
는 곳"이다. 그게 시인의 마음에 자리 잡고 있는 한없이 푸
근하고 넉넉한 고향의 이미지다. 그런데 다음 시에 오면 그
정조가 사뭇 달라진다.

오로지 한 생애만을 위해 기도한다

정강이뼈가 부러진 생애를 기억한다,

튼튼한 자궁이 없는 생애는

더 이상 전도양양의 사립문에 금줄을 치지 않는다

가마솥 달구던 장작을 빼낸 솥처럼

내가 죽으면 나의 영혼은

쫓기듯 육신으로부터 한 생애를 마감할 것이다

부질없음과 무상함과,

덧없음과 어이없음을, 식탁 가득 요란하게 차려 놓고서

혼자서 포크로 포클레인처럼 정리할 것이다

이번 생애에는

설거지 마감 시간을 잘 맞춰야 한다

…(중략)…

고향으로 돌아가려던 몇 번의 시도는

짓눌린 생애를 짜낸 묽은 여드름이었다

찍 하고 터져서 히죽거리며 나를 바라보던,

척 하고 거울에 달라붙어 잡귀처럼 따라오던,

―「귀향」 부분

아름답게 따뜻하게 기억되던 고향에 돌아가는 '귀향'은
우울하고 불모적이다. "정강이뼈가 부러진 생애"이며 "튼
튼한 자궁이 없는 생애"이기도 하며 "더 이상 전도양양의
사립문에 금줄을 치지 않는다"는 그런 귀향이다. 시적 화자

(시인 자신)가 출세간하여 뭔가를 성취하여 귀향해야 하는데 그렇지 못한 데 대한 좌절과 절망감을 유추해 볼 수 있는 그런 마음 상태가 드러난 작품이다. 좀 범박하게 말하면 공부 잘하는 시골 수재가 입신양명을 위해 도회지에 나왔지만 그 만족할 만한 성취를 이루지 못했을 때 갖게 되는 심리 상태가 아닐까 추측된다.

이런 마음 상태는 다음 몇 편의 시에서도 잘 나타나고 있다.

젊은 날은
금방 스러지고 마는 실바람같이
감시탑의 탐조등에 잘못 걸려든 암실의 빛과 같이
순간을 견디지 못한다
이번 생은 다 지나간 것일까
흰 목덜미를 감고 빛나던 여름의 바퀴가
바람 먼지에 그만, 뚝, 제 다리를 부러뜨린다
　　　　　　　　　　　　　　　　—「여름 자전거」 부분

하루는 따개비로 살고
하루는 물총새로 살고
하루는 네가 돼서 살고
하루는 돼지가 돼서 살고
하루는 독사로 살고
하루는 냇물이 돼서 흐르고

하루는 승냥이로 살고

하루는 은초롱꽃으로 피어 살고

하루는 일개미가 돼서 살고

하루는 노랑나비로 펄럭이다가

또 하루는 하루살이로 원 없이 살고

하루는 일 억 광년쯤 떨어진 별이 돼서 살고

그렇게 열이틀 살고 나서는

영원히 나는 내가 돼서는 살지 않겠다고 다짐하면서

칠성님께 빌고 빌면서

날숨과 들숨이 균형을 잃어 가면서

또렷하게 덮쳐 오는 먹이를 채집하는 일상은

어딘가 돌아갈 곳이 있다는 위안은

온 마음을 다하지 못하게 하고

궁극의 가장 무거운 중심에 이르지 못하게 한다

　　　　　　　　　　　　　　　─「자연스런 가면극」 부분

시인 자신에게 "젊은 날은/ 금방 스러지고 마는 실바람 같"은 것이며 "이번 생은 다 지나간 것일까" 자문하는 가운데 "흰 목덜미를 감고 빛나던 여름의 바퀴가/ 바람 먼지에 그만, 뚝, 제 다리를 부러뜨린다"는 이 구절은 흰 목덜미가 아름답던 청년이 세속의 먼지바람에 제 다리를 부러뜨리는 것과 같은 좌절을 겪는 현실을 비유적으로 표현한 것은 아닐까? 거친 세파에 다리를 부러뜨린 것같이 절망하는 불모의 청춘을 보는 것 같아 마음이 아프다. 이 청춘은 의사의 경고에도 불구하고 술을 마시는 일탈을 감행하고, 하루는 돼지로, 하루는 독사로, 하루는 승냥이가 되어 살아가면서 칠성님께 빌기도 하고 균형을 잃기도 하지만 "또렷하게 덮쳐 오는 먹이를 채집하는 일상은/ 어딘가 돌아갈 곳이 있다는 위안은/ 온 마음을 다하지 못하게 하고" 있다. 무의식적으로 고향에 기대고 부모님께 기대는 마음이 있는 것이다. 그래서 결국 "궁극의 가장 무거운 중심에 이르지 못하게 한다"는 현실을 자인하고 있는 것이다.

이런 현실 인식과 심리 상태는 다음 시에서도 연속적으로 이어진다.

읽지 못하고 버려지는 책 속의 글자들이 졸음 속으로
무너졌다
무너지는 것들은 아름다웠다
골목을 내려다보던 별은 흉기처럼 뾰족하여
젖은 황토 같던 사람들 가슴에 자주 생채기를 냈다
이웃이 다니던 골목은 별빛에 긁혀 사그라졌다가는
악몽처럼 벌떡 일어나 갱도 같은 큰길로 바삐 걸어가
곤 했다
겸손하고 말수가 적던 골목 모퉁이에도
가임기의 제비꽃 씨가 싹을 틔우고
가끔씩 두려운 풍문을 임신한 느린 그림자들이
배고픈 바람을 걸쳐 입고는

녹슨 대문 앞을 두리번거렸다

　　　　　　　　　　―「휘어진 골목을 위한 안경」부분

"버려지는" "무너지는" "흉기" "생채기" "긁혀" "악몽" "배
고픈" "녹슨" 등으로 이어지는 언어들은 시인이 바라보는
세계의 불모성과 절망이 극대화되어 있다. 시인이 이렇게
절망하는 이유가 무엇일까? 그리고 그 절망의 끝에는 '귀향'
이 있을까? 앞서 보았듯이 그의 귀향은 "고향으로 돌아가
려던 몇 번의 시도는/ 짓눌린 생애를 짜낸 묽은 여드름이었
다"는 고백처럼 처참한 것이었다. 이런 시인의 불모성의 마
음이 가장 아름답게 표현된 시가 다음 시이다.

　　마음에 소중히 품었던 것들은 한여름 이슬 같았다
　　나의 세계는 세상의 모든 슬픔에게 빚을 진 것이라 여기
　고 슬픔의 벽돌로 집을 지었고,
　　뭇별이 큰 물길을 내고
　　바람이 잠든 지붕 위로 한세월이 흘렀다
　　아름다운 날에 오감의 숲에 갇힌 나를 훌쩍 떠나리라 마
　음먹었던 것도 그때쯤이었다

　　풀이 곱게 자란 곳에는 모주꾼 같은 여름이 비틀거렸다
　　입술이 없는 것들은 구름의 즙을 받아먹지 못해 시들었고,
　　슬픔의 깊이를 뚫고 웃자란 수염은 까실했다
　　상주의 눈은 더러운 페인트를 쏟아 놓은 듯 벌겋게 불

어서 탁했다

질퍽대던 여름은 자신의 몸에서 뽑아낸 실로 단칸집을
짓고 사는 누에처럼

죽음의 예식에 하얗게 갇혔다

문상객들은 잘린 국화 송이를 차례로 영정 아래 올려놓
거나 매캐한 향을 피우고

머리를 조아렸다

조숙한 별들이 어둠의 천장에 가로누워 이별을 재촉했다

줄 늘어진 해금과 구멍 난 피리가 느린 박자로 상여를 끌
고 가는 새벽

삼복더위의 하얀 글씨로 쓴 명정에 덮여 여름은 돌복숭
보다 발갛게 익어 갔다

날 이제 그만 좀 내버려 둬요, 라고 벗나무 잎사귀를 찢
으며 매미 소리가 뛰쳐나왔다

차창으로 닥쳐오는 뜨거움들의 고요

—「대서 즈음」부분

대서는 24절기 중 열두 번째에 속하는 절기로 일 년 중 가
장 더위가 심할 때인데 보통 양력 7월 22~23일경이다. 너
무 더워서 '염소 뿔도 녹는다'는 속담이 있을 정도이다. 이
시는 실제 절기로 가장 더운 대서 즈음에 대해 쓴 시일 수도
있고, 인생에서 가장 뜨거웠던 삶에 대한 반추의 의미로 쓴
시일 수도 있다. 아니면 문학적 열정이 가장 고조된 어떤 경
지에 대해 쓴 것일 수도 있다. 죽음에 대한 명상을 이렇게

아름답고 서정적으로 쓴 시를 나는 아직 본 적이 없다. 이번 시집에서 가장 아름답고 깊이가 있는 최고의 작품이다.

"마음에 소중히 품었던 것들은 한여름 이슬 같았다/ 나의 세계는 세상의 모든 슬픔에게 빚을 진 것이라 여기고 슬픔의 벽돌로 집을 지었고,/ 뭇별이 큰 물길을 내고/ 바람이 잠든 지붕 위로 한세월이 흘렀다/ 아름다운 날에 오감의 숲에 갇힌 나를 훌쩍 떠나리라 마음먹었던 것도 그때쯤이었다."

마음에 품었던 모든 꿈과 이상도 사실 죽음 앞에서는 "한여름 이슬" 같은 게 맞을지 모른다. 슬픔 없는 인생이 어디 있겠는가? 그래서 지상의 모든 인간은 사실 "슬픔의 벽돌"로 집을 짓는지도 모른다. 그 슬픔의 집 잠든 지붕 위로 한세월이 흘러가고, 그런 어느 아름다운 날 우리는 이 지상을 훌쩍 떠나 영원의 세계로 이전하는 것인지도 모른다. 그게 바로 죽음일 수 있다. 죽음을 이렇게 서정적이고도 아름답게 표현할 수 있는 자야말로 진정 시인이라는 이름에 값하는 자이다. 그래서 필부필부匹夫匹婦나 장삼이사張三李四나 모두 "일생이란 끊임없이 무덤을 만들어야 하는 운명의 엔진이었다"는 운명의 굴레에서 벗어날 수 없는 것이다.

불꽃은 어디 삽니까
졸음처럼 달콤한 세월은 이제 없으니
칼바람의 날로 눈물을 자르고
굶주린 얼음의 몸에서 불꽃을 피워 냅니다
얼음의 몸에서 피워 낸 불꽃은 자유의 증거로 남고

자유의 의지를 키웁니다

우리는 압니다
우리가 걷는 좁은 길들은 철저히 위장되었으니
새파란 싹들이 움틀 때
조심조심 발걸음 가누면서
가난이 희망의 싹을 밟지 말고
사람이 사람의 싹을 밟지 말고
기계가 눈물의 싹을 밟지 말고
자본이 인간의 싹을 밟지 말아야 한다는 것을

불꽃을 지고 스물셋 청년 전태일이 굴리던 바퀴
천년의 눈밭을 터벅터벅 걸어갑니다
                              ―「불꽃의 주소록」 부분

가시관을 쓰고 예수가 흘리던 피도 빨갱이다
당근도 좀 덜 물든 빨갱이요
홍등가를 지나던 행인의 옷자락도, 옷자락을 비추던 별
빛도 빨갱이다
네거리 신호등도 멈춤이 되면 빨갱이고
하혈을 하면 빨갱이가 된다

태양도 석양에는 빨갱이가 되고
붉은 필기구는 백지 위에서 사상범의 증거가 된다

헌혈을 하면 빨갱이가 되고

수혈을 하면 더 위험한 빨갱이가 된다

　　　　　　　　　　　—「붉음에 관하여」 부분

「불꽃의 주소록」은 전태일 정신에 대한 문학적 현현이다.
주지하다시피 전태일은 대구 출신으로 1970년 당시 열악하
던 노동 현실에 저항하면서 분신한 순교자적 죽음으로 뚜
렷이 기억되는 노동운동가이다. 그가 50년 전에 죽음으로
항거했던 열악한 노동환경, 노동 경시, 인간의 존엄 무시,
부의 불평등과 같은 문제들이 여전히 산적해 있다. 이 시는
그런 현실에 대한 일종의 고발이자 시인의 양심적 자기 고
백이라 할 수 있다.

「붉음에 관하여」는 정치적 반대자에 대해 '빨갱이'라는 올
가미를 씌워 탄압하는 현실, 일종의 매카시즘에 대한 풍자
이다. 풍자는 조롱과 해학을 주무기로 하면서 계몽과 해방
을 불러오는 시적 효과가 있는 기법이다. 이런 시대와 현
실에 대한 고발과 비판은 다음과 같은 시에서 절정을 맞이
한다.

꽃은 어떤 꽃이든 다 아름답죠

꽃은 바람의 거대한 눈물이 응축되어 피어나는 사초史草죠

먼 바닷길을 돌아온 여행자들이 감탄하는 유럽의 문명

과 아름다운 건축물들,

그들이 누리는 영화는 식민지의 고통과 눈물로 만들어

진 꽃이죠

　아프리카 콩고민주공화국은 베를린 협약으로 1885년 벨기에 레오폴드 2세의 개인 식민지가 되는데요 1890년부터 콩고민주공화국에서 생산되기 시작한 고무 덕분에 브뤼셀의 현란한 도시를 만들었죠 고무 생산으로 돈을 짜내기 위해 벨기에는 고무 수액 채취 할당량을 높여 갔고 할당량을 채우지 못하면 아이까지도 손목을 잘랐죠 그래도 안 되면 목을 베 죽이고 높은 곳에 걸어 두었죠 그렇게 십수 년 동안 2천만 명 중 1천1백5십만 명이 죽어 나갔죠 지구 반대편에서 더러운 학살이 있었죠

　브뤼셀은 콩고민주공화국민들의 잘린 손목으로 만들어졌죠 여행자들이 선글라스를 끼고 사진기 셔터를 눌러대는 사이, 브뤼셀의 수도꼭지를 틀면 아프리카 고무 수액이 묻은 잘린 손목의 피가 쏟아져 나오죠

　꽃은 어떤 꽃이든 다 아름답다고 생각하죠

　　　　　　　　　─「꽃은 어떤 꽃이든 다 아름답죠」 부분

「불꽃의 주소록」과 「붉음에 관하여」가 국내의 왜곡된 현실을 증언하는 것이라면 「꽃은 어떤 꽃이든 다 아름답죠」는 인류의 휴머니즘에 관한 보고서이다. 꽃은 어떤 꽃이든 다 아름다운 것은 아니라는 강력한 사회적 메시지를 보내는 시이다. 문명국(선진국)이 누리는 영화는 다 식민지 민중들의 고혈로 이루어진다는 사실을 구체적으로 생생하게 증언하고 있다. 이 시의 다음 연에는 "조선을 침략한 도요토미 히데요

시는 조선인들을 죽여 그 머리를 소금에 절여 오라 했는데 머리는 너무 무거워 대신 코를 모으게 되었다죠"라며 "일본 교토"의 "코 무덤"에 관한 증언을 덧붙이고 있다.

시인에 따라 시의 본분을 각기 다르게 생각할 수 있다. 언어에 집착하거나, 이념이나 메시지에 집중할 수도 있을 것이다. 아니면 그 둘의 경계를 오가는 시를 쓸 수도 있다. 일찍이 다산 정약용이 '불우국 비시야不憂國 非詩也'라는 명제로 시가 당대 현실과 민중의 핍진한 삶을 노래하지 않으면 시가 아니다라고 말한 바 있다는 사실을 상기한다면, 위의 시들은 시의 소임을 충분히 완수한 아름다운 시라고 할 수 있다. 앞으로도 강시현 시인에게서 이런 아름다운 시를 많이 볼 수 있기를 기대한다.